FSC
www.fsc.org
MIX
Papier aus verantwortungsvollen Quellen
Paper from responsible sources
FSC® C105338

IMPRESSUM

www.miamo-zesi.de
E-Mail: miamo@miamo-zesi.de
Hintere Str. 28 - 88437 Maselheim
Namen und Handlungen sind allesamt fiktiv und haben mit keinen realen Personen oder Plätzen etwas gemeinsam. Die

Miamo S. Zesi
2023

Herstellung und Druck über tolino media GmbH & Co. KG, München.
Printed in Germany

MY BOSS FOR CHRISTMAS

MIAMO S. ZESI

WIDMUNG

Weihnachten dem Fest der Familie und der Liebe

ÜBER DEN AUTOR

„Miamo S. Zesi“ ist das Pseudonym einer Autorin aus dem schwäbischen Biberach. Dort lebt sie mit ihrem Mann, zwei erwachsenen Kindern und dem Hund Mex. Sie liebt lange Spaziergänge im Wald. Dabei fallen ihr die Geschichten zu ihren Büchern ein.

Sie wünscht viel Freude mit den Geschichten!

ANMERKUNG DER AUTORIN

Dieses Buch ist ein fiktiver Roman, Produkt meiner blühenden Fantasie und inspiriert durch die Muse, die mir netterweise immer wieder solch tolle Geschichten zuflüstert.

Dieser Roman ist genau das: eine Geschichte. Bitte nehmt nicht alles, was ich geschrieben habe, ernst. Bücher laden zum Träumen ein und nicht alles, was geschrieben ist, kann oder wird jemals so geschehen. Lasst euch in meine Fantasiewelt mitnehmen und begeistern!

KLAPPENTEXT

Raven Barker, einer der beiden Geschäftsführer von Barker Holdings, weiß genau, was er will. Nicht umsonst sitzt er auf dem Chefsessel des Unternehmens. Er ist hart, unnahbar und duldet keine Fehler. Auch nicht bei seiner neuen persönlichen Assistentin Caralina Baptist, die sich vom ersten Tag an viel zu sehr für ihn interessiert. Dabei gibt es in seinem Leben keinen Platz für Frauen - die Escort-Damen einmal ausgenommen. Eine Entscheidung, für die es einen Grund gibt, über den er niemals sprechen wird ... Caralina Baptiste muss sich zügig eingestehen, dass der autoritäre Mistkerl - ihr neuer Chef - sie viel zu sehr fasziniert. Dabei kennt sie seinen Ruf und all die Geschichten, die sich um ihn ranken. Doch Raven Barker treibt es zu weit, weshalb sie sich gezwungen sieht, fristlos zu kündigen. Sie ahnt nicht, dass er ihr nachreisen würde.

Die aufkommende Spannung zwischen ihnen führt zu einer impulsiven Nacht voller Leidenschaft und Hingabe - gerade jetzt, da das Weihnachtsfest naht und Raven unter allen Umständen vermeiden will, an die Geschehnisse einer längst vergangenen Weihnachtsnacht zu denken.

PROLOG

Traurig, fassungslos und doch hatte ich es irgendwie immer gewusst, schaue ich auf das, was sich vor mir abspielt. Was meine Augen sehen, mein Gehirn zu verarbeiten versucht und mein Herz in tausend Stücke bricht. Ich weiß nicht, ob ich einen Laut von mir gegeben habe, doch plötzlich endet die Bewegung der beiden Körper vor mir abrupt. Ravens Kopf wendet sich mir zu. Es kommt mir vor wie in Zeitlupe, aber das liegt sicher daran, dass ich mich in einer Art Zeitblase befinde. Er schaut mich an. Seine Augen, die ich so liebe, sie weiten sich für einen Moment, als er mich erkennt. Seine Pupillen weiten sich ein wenig, aber dann ... ich weiß nicht, was dann passiert. Denn ich kann mich aus dieser Starre befreien und gehe nach draußen. Nicht hektisch, nicht schnell, ich gehe einfach. Nehme meine Tasche vom Schreibtisch und verlasse das Gebäude mit einem gebrochenen Herzen und dem Wissen, dass es so kommen musste. All die Liebesschwüre, all die Dinge, die er gesagt hat, all die Lügen. Ich wusste es, aber das kleine Mädchen in mir, das einmal Prinzessin sein wollte, wollte das nicht hören. Aber jetzt ist es vorbei.

CARALINA BAPTIST

4 Jahre zuvor

New York. Ich und New York! Ein Traum wird wahr und gleichzeitig konnte er nur durch einen Albtraum wahr werden. Ich musste von zu Hause weg. Ich konnte nicht länger in Québec bleiben. Die Erinnerungen an meine Familie, an das, was passiert war … ich konnte dort nicht mehr bleiben. Ein guter Bekannter meiner Familie half mir, alles zu verkaufen und diesen Teil meines Lebens hinter mir zu lassen. Ich denke mit Wehmut, aber vor allem mit Freude daran zurück. Jetzt. Vor zwei Jahren war das noch ganz anders, da stand ich vor meinem Elternhaus und wusste nicht, was ich tun sollte. Ich bin in einem Vorort von Charlevoix auf dem Bauernhof meiner Eltern aufgewachsen. Sie züchteten Schafe und mein fast zehn Jahre älterer Bruder wollte den Betrieb übernehmen. Er arbeitete schon lange mit und übernahm viele Aufgaben meiner Eltern. Ich kam als Nachzüglerin zur Welt und war der Sonnenschein meiner Eltern, aber auch mein Bruder liebte mich und ich vergötterte ihn. Wir waren nicht reich. Aber reich an Liebe. Der Hof ermöglichte uns ein gutes Leben, aber nicht im Luxus. Wir brauchten immer Geld. Geld, um etwas zu renovieren. Geld, um die Tiere zu füttern und viel Geld ging für Tierarztrechnungen oder Energiekosten drauf. Aber es ging uns immer gut. An meine Kindheit kann ich mich nur mit viel Liebe und einem Lächeln erinnern. Meine Eltern und mein Bruder sind bei einem schrecklichen Brand ums Leben gekommen. Dass ich an jenem grauenhaften Tag nicht auch zu Tode kam, lag nur daran, dass ich mit meinem College Kurs auf einer Exkursion war. Wir hatten an einem Wettbewerb teilgenommen und als Gruppe gewonnen. Eine Woche in einem Camp im Jacques-Cartier-Nationalpark. Schneeschuhwandern, Skifahren, Natur pur und natürlich jede Menge Spaß. Es waren traumhafte Tage. Weit weg von zu Hause mit jungen Männern und Frauen. Es war ein Traum und ich schickte meinen Eltern und meinem Bruder unzählige Fotos von mir und den Tieren, die wir sahen. Ich hatte noch ein Jahr bis zu meinem kaufmännischen Bachelor und wollte mich danach noch als Management Assistent weiterbilden und in einem Betrieb bewerben, so mein Ziel. Mein Wunsch war es immer, für einige Jahre in den USA, genauer gesagt in New York, zu arbeiten. Natürlich hätte ich auch hier in Kanada arbeiten können, was ich wahrscheinlich auch getan hätte, wenn ... das Schicksal nicht andere Dinge mit mir vorhätte. Aber ich habe damals von einem Leben in dieser Stadt geträumt. Ich kann auch heute noch nicht sagen, warum ausgerechnet New York, aber irgendwie ist es für mich das Tor zur großen weiten Welt. Doch all das zerbrach mit einem Besuch der Polizei am frühen Morgen in unserem Camp. Mit dabei war auch ein Pastor. Wir saßen noch in unseren Hausanzügen beim Frühstück. Da klopften sie und kamen herein. Wir waren alle nervös. Aber als sie meinen Namen nannten und mich aufforderten, mit ihnen in einen Nebenraum zu gehen, weil ... es musste etwas Schlimmes passiert sein. So schlecht wie in diesem Moment ging es mir noch nie in meinem Leben. Aber ich musste mich schnell eines Besseren belehren lassen, es ging noch schlimmer:

»Frau Baptist, wir müssen Ihnen eine traurige Nachricht überbringen.« Ich hörte die Worte des Polizisten, schaute aber zu seiner Kollegin, die mich mitleidig ansah. Ich erinnere mich, dass ich sagte:

»Caralina. Sie können Caralina zu mir sagen.« Meine Stimme war schon heißer vor Angst. Er richtete sich ein wenig auf und sagte dann die Worte, die meine Welt für immer verändern sollten.

»Auf dem Anwesen Ihrer Eltern hat es gebrannt, Caralina.« Ich weiß noch, wie ich mir die Hand vor den Mund hielt und die ersten Tränen aus meinen Augen schossen.

Der Mann fuhr mit den grausamen Worten fort, die meine Welt zum Einsturz brachten.

»Deine Eltern und dein Bruder, Caralina, wurden getötet.« Ich erinnere mich noch genau an meinen Ausruf:

»Was! Das … ich meine, das kann doch nicht sein …« Ich weiß, dass ich hektisch wurde und mein Handy nahm und bei meinen Eltern und dann bei meinem Bruder klingeln ließ. Aber sie … sie haben nicht abgenommen.

»Aber warum? Was ist denn passiert. Ich … ich will nach Hause …« Aber ich war ganz durcheinander, da kam der Pastor oder Pater zu mir. Deutete mir an, ich solle mich hinsetzen. Und dann überkam mich die Wucht dessen, was der Deputy gerade gesagt hatte, und ich begann zu zittern. Meine Eltern waren tot, mein Bruder war tot. Und dann weiß ich nichts mehr. Ich wurde ohnmächtig. Als ich wieder aufwachte, hatte ich eine Blutdruckmanschette um den Arm und ein Arzt saß neben mir. Ich habe ihn angeschaut.

»Was ist passiert?« Noch bevor ich aussprechen konnte, erstarrte ich und sah mich hektisch um. Ich hoffte, alles nur geträumt zu haben. Der Arzt sprach zu mir. Mit sanfter Stimme.

»Ganz ruhig Frau Baptist. Bitte, Sie stehen unter Schock. Und ich möchte Sie jetzt nicht sedieren. Ich glaube nicht, dass Sie das wollen.«

»Nein ich … ich muss nach Hause.« Im selben Moment fragte ich mich, ob ich überhaupt noch ein Zuhause hatte. Es hatte gebrannt und ich schmeckte Galle. Der Arzt muss mich beobachtet und gesehen haben, was passiert, denn er hielt mir einen Eimer hin. Völlig erschöpft lehnte ich mich im Bett zurück. Schloss die Augen und versuchte, ruhig zu atmen. Fragte den Deputy, als es mir ein wenig besser ging, was denn passiert war.

»Erzählen Sie es mir bitte.«

»Wir wissen noch nicht alle Einzelheiten, aber wahrscheinlich haben Ihre Eltern oder Ihr Bruder für die zu früh geborenen Jungtiere eine Lampe aufgestellt, damit es ihnen in der Nacht nicht zu kalt wird.« Ich nickte, denn ja, das kam oft vor. Mein Bruder hatte sogar extra einen Verschlag neben der Küche für die Jungtiere eingerichtet, die von den Müttern nicht angenommen wurden oder deren Mütter bei der Geburt starben.

»Es wird vermutet, dass diese Lampe einen Defekt hatte und sich das Stroh entzündete. Es muss nicht sofort Feuer gegeben haben. Es sieht so aus, aber das ist noch nicht sicher, als hätte es eine Kohlenmonoxidvergiftung gegeben, die Ihre Eltern und Ihren Bruder, der in der Küche neben dem Stall schlief, getötet hat. Das Feuer brach erst danach aus, als es zu einer Explosion kam. Die Feuerwehr ist sich ziemlich sicher, dass es in dieser Reihenfolge passiert ist. Sie sagen auch, das möchte ich betonen, dass Ihre Eltern vorschriftsmäßig Brandmelder installiert hatten, die auch ausgelöst haben. Aber da waren Sie schon tot. Aber das wird alles von Fachleuten überprüft«

»Das wusste ich, das mit dem Stall und den Brandmeldern ... mein Bruder, der hat darauf bestanden und ...«

»Es wird sicher ein Gutachten gemacht, auch von der

Versicherung Caralina. Aber wie gesagt, das sind die ersten Einschätzungen der Feuerwehr.« Dass ich mich in den nächsten Monaten noch oft an diese Worte erinnern würde, hätte ich damals nicht gedacht. Es war der Pastor, der die nächsten Worte sprach.

»Frau Baptist, Sie sind, und das mag ein Trost sein, friedlich und ohne Schmerzen eingeschlafen.« Ich dachte nur, ein Trost! Wovon redet der Kerl! In diesen Minuten, das weiß ich noch genau, habe ich eine Mauer um mein Herz gebaut. Eine Mauer, die es mir ermöglichte, aufzustehen, meine Sachen zu packen und mich anzuziehen. Mich den Blicken der Jungen und Mädchen auszusetzen, die mich mitfühlend und auch weinend umarmten. Diese Mauer hatte es geschafft, dass ich mit dem Pastor, der mich begleitete, nach Québec flog und von dort mit dem Auto nach Hause fuhr. In ein Zuhause, das es nicht mehr gab. Der Rauch war schon von weitem zu sehen und es roch verbrannt. Mir kam in den Sinn, dass sie nur von meinen Eltern gesprochen hatten, aber nicht von den vielen Tieren, die wir hatten.

»Was ist mit den Schafen?«

»Viele sind verbrannt, einige konnten sich durch die Flammen retten, als das Feuer einen Ausgang freigeschlagen hatte. Die Nachbarn sind dabei, die Tiere einzufangen und der Tierarzt hilft ihnen, wenn sie Verbrennungen haben.«

»Woher wissen Sie das alles?«

»Ich bin in Kontakt mit dem Krisenteam Caralina. Ich

bleibe bei dir.« Dann setzte er den Blinker und ich sah die Ruinen. Ruinen, die einmal mein Zuhause gewesen waren. Das Feuer hatte ganze Arbeit geleistet. Die Feuerwehrleute waren noch da, um eventuelle Glutnester, die sich wieder entzünden könnten, unter Kontrolle zu bringen. Es war Winter und die Scheune war voll mit Stroh und Heu. Ich stieg aus. Die Männer schauten mich an. Die meisten kannte ich. Als ich das Mitleid in ihren Blicken sah, brach ich fast zusammen. Aber ich durfte nicht zusammenbrechen, noch nicht. Ich ... durfte einfach nicht. Der Pastor war bei mir, als ich weglaufen wollte.

»Vorsicht Caralina, es ist glatt, das viele Wasser ist gefroren.« Langsam ging ich zu dem Haus, in dem ich aufgewachsen war. Zu den Überresten, die dort noch standen. Es war nichts mehr da. Oder nicht viel. Das, was ich dort noch finden würde ... Ich begann verzweifelt zu weinen. Zitternd trat ich näher, bis mich einer der Feuerwehrmänner, Samuel um genau zu sein, davon abhielt. Mit leiser Stimme sagte er zu mir: »Nicht Cara. Komm nicht näher, es ist zu gefährlich.«

»Aber ich muss doch ...«

»Heute nicht Cara. Du kannst da nicht rein. Im Moment sind die Brandspezialisten vor Ort und die Kriminalpolizei. Und auch die ... es ist so ... ich habe ihn angesehen.« Und hauchte leise: »Sind Sie noch im Haus?« Er nickte nur. Ich fing wieder an zu weinen.

»Aber warum?«

»Niemand durfte ins Haus, es war zu gefährlich. Ich

hatte gehofft, du würdest später kommen.« Ich hörte Stimmen aus dem Haus, Menschen in weißen Anzügen winkten den Feuerwehrleuten zu, die in der Nähe standen. Sie sahen mich an, und auch die Personen in Weiß schauten in meine Richtung. Einer von ihnen kam auf mich zu. Es ist eine Frau.

»Sind Sie Frau Baptist?« Ich konnte nur nicken. »Sie sollten gehen. Sie können hier nichts tun, meine Liebe. Ich verspreche Ihnen, dass ich mich gut um Ihre Angehörigen kümmern werde. Aber Sie sollten sie nicht so sehen. Behalten Sie Ihre Eltern und Ihren Bruder so in Erinnerung, wie sie waren. Nicht so, wie sie jetzt sind.«

»Ich ... wo soll ich denn hin? Was soll ich denn machen?« Unversehens kam ein Mann auf mich zu.

»Mrs. Baptist?«

»Ja.«

»Mein Name ist Raffaele Moline. Ich komme von Ihrer Versicherung. Von der Versicherung Ihrer Eltern und wurde beauftragt, die Sache zu untersuchen.« Ich sah ihn fragend an. Zu diesem Zeitpunkt ahnte ich noch nicht, dass mir dieser nach außen hin sehr freundlich wirkende Mann so viele Probleme bereiten würde.

»Mrs. Baptist, ich habe gerade gehört, dass Sie nicht wissen, wohin Sie gehen sollen. Da kann ich Ihnen helfen. Gehen Sie erst einmal in ein Hotel. Das zahlt die Versicherung. Bis wir hier alles aufgenommen haben und ich meinen Bericht an die Versicherung geschickt habe, übernimmt die Versicherung die Kosten. Sie müssen das Geld auch nicht zurückzahlen. Das ist auf jeden Fall drin, egal, was bei meiner Untersuchung herauskommt.«

»Herauskommt?«

»Ob es fahrlässig war, ob die Versicherung den Schaden bezahlen muss. Frau Baptist, ich weiß, dass das für Sie schrecklich klingt. Aber ich kann Ihnen nichts anderes sagen, und ich kann Ihnen auch keine weiteren Informationen geben oder Ihnen sagen, wie es aussieht.«

»Bitte, Frau Baptist, gehen Sie«, sagte die Frau im weißen Anzug wieder zu mir. Sie blickte zu dem Pastor neben mir, der mich vorsichtig, aber auch mit etwas Nachdruck zum Auto führte. Bevor ich einsteige, frage ich noch einmal.

»Was meinte er damit, dass er mir nicht sagen darf, wie es aussieht?« Er sagte mir genau das, woran ich mich in den nächsten Monaten noch oft erinnern sollte:

»Ob die Versicherung zahlen muss«. Ich schaute wieder auf das zerstörte Haus. Alles ist surreal. Die Rettung kam in Form eines anderen Autos. Meine Patentante. Die Schwester meiner Mutter fuhr mit ihrem Mann in den Hof. Sie leben in Vancouver, also muss jemand sie benachrichtigt haben. Weinend stolperte sie auf mich zu.

»Caralina o meine liebe Caralina«. Sie nahm mich in die Arme und irgendwie war es diese Wärme, diese Liebkosung und auch das Wissen, nicht ganz allein zu sein, die die Mauer, die ich um mein Herz gebaut hatte, den Schutzwall, zum Einsturz brachte. Und ich weinte in den Armen meiner Tante. Man ließ uns trauern. Aber kurze Zeit später saß ich im Auto und meine Tante und mein Onkel fuhren mich zu Chloé in die Pension. Dort haben wir lange geredet und mein Onkel war so einfühlsam und hat mir geholfen, das Geschehene irgendwie zu verarbeiten. Es zu akzeptieren. Ich zeigte ihnen Fotos von meinen Eltern, meinem Bruder, die ich auf meinem Handy hatte. Ich fragte sie, ob sie noch Sachen von früher hätte, ob sie noch Fotos von Jack und mir als Kind hätten? Meine Tante half mir, mit diesen fast trivialen und unwichtigen Fragen umzugehen, mich zu beruhigen, alles überforderte mich. In diesen Tagen war ich wie in einer Blase gefangen. Ein Traum, der eher einem Albtraum glich. Die Polizei sprach noch einmal mit mir und die Frau, die meine Eltern aus dem Haus geholt hatte, rief mich an und sagte mir, dass wir meine Eltern und meinen Bruder beerdigen könnten. Ich konnte ein Bestattungsunternehmen beauftragen, sie bei ihr abzuholen und zu ihrer letzten Ruhestätte zu bringen. Ich weiß nicht, wie ich das damals geschafft habe, aber die Beerdigung ging vorbei. Es kamen viele Leute, viele Bekannte, Verwandte und auch Leute, die einfach aus dem Ort waren. Und sehr viele Schaulustige, die ich versuchte auszublenden. Drei Gräber. Drei Kreuze. Meine Familie. Es war ein schwerer Tag für mich, aber auch ein Abschluss.

Es klingt gemein und vielleicht auch ungerecht, aber ich war erleichtert, diesen schrecklichen Tag hinter mir zu haben. Meine Patentante und mein Onkel blieben bei mir. Sie haben mir geholfen. Sie saßen auch an meiner Seite, als das Testament verlesen wurde, in dem ich als Alleinerbe eingesetzt war. Ich wusste noch nicht, was ich tun sollte und was das bedeutete. Ein Bekannter aus dem Ort bot mir eine kleine möblierte Wohnung an, in die ich Wochen nach der Beerdigung einzog. Meine Tante und auch mein Onkel fuhren nach Hause, als ich mich eingerichtet hatte. Mit dem Versprechen, sofort wiederzukommen, wenn es Probleme gäbe. Die kamen sehr schnell, denn die Versicherung, die zahlte natürlich nicht. Nicht, dass ich das Geld gebraucht hätte und darauf spekuliert hätte, aber ich bin ja nicht blöd und nach dem ersten Schock war ich auch wieder klar im Kopf. Konnte denken und was ich aus den Berichten und Gutachten herausgelesen habe, war, dass sie nicht zahlen wollten. Dieser Molino, der mich so fürsorglich in der Pension untergebracht hatte, schrieb Dinge, die einfach nicht stimmten und die ich ... was er nicht wusste, auch beweisen konnte. Vielleicht dachte er, meine Eltern und mein Bruder seien dumme Bauern, Schafzüchter, die nicht viel im Kopf hatten, aber da hatte er sich mit den falschen Leuten angelegt. Mein Bruder war sehr intelligent und hatte diesen Beruf aus Überzeugung gewählt, nicht weil er keine Ahnung hatte. Und dazu gehörten für ihn ein PC, eine professionelle Buchhaltung und gute Versicherungen ... das dachte er sicher. Aber dazu gehörte auch ein Steuerberater, und ein Rechtsanwalt. Der wiederum war ein junger, engagierter Anwalt, der seine Kanzlei digital führte. Er hatte alles digitalisiert. Jedes Dokument, das es gab. Mein Anwalt, mit dem ich ein paar Tage später einen

Termin hatte, um ihm die Unterlagen zu übergeben, lachte nur, obwohl es nichts zu lachen gab.

»Frau Baptiste, das wird zur Abwechslung mal ein ganz einfacher Fall.« Er lehnte sich zurück und fragte mich:

»Wie geht es Ihnen?«

»Beschissen, aber ich werde ... ich werde es schaffen. Meine Eltern wollten immer, dass ich glücklich werde, und das werde ich auch. Nur ...« Ich habe auf das Schriftstück gezeigt.

»Ich lasse mich nicht bescheißen.«

»Genau. Sie lassen sich auch nicht verarschen.« Er hatte sich ein bisschen geirrt. Ich weiß nicht, ob ich eine Art Präzedenzfall war oder ob es einfach Karma war, aber sie gaben nicht nach. Es dauerte ein Jahr, bis mein Anwalt mein Recht durchsetzen konnte. Der Richter sprach das Urteil. Die Versicherung hat bis zum Schluss versucht, mir das Leben zur Hölle zu machen. Aber sie scheiterten, auch weil meine Patentante mir Geld geliehen hatte, um den Anwalt bezahlen zu können. Es war eine gute Investition. Nicht nur, weil ich Recht bekam, sondern auch, weil mein Bruder alles neu versichert hatte. Er hatte Brandmelder eingebaut, nachweislich. Die der Gutachter unterschlagen hatte. Die aber nicht nur von der Feuerwehr, sondern auch von den Brandschutzbeauftragten festgestellt wurden. Trotzdem haben sie immer wieder Ausreden gefunden. Zum Glück hatten wir nicht nur Rechnungen, sondern auch Fotos, die die genaue Position der Rauchmelder zeigten. Kein Montagefehler, darauf blieben sie bis zum Schluss sitzen. Immer und immer wieder gab es Einwände der Versicherung und Einwände aus der Luft. Ich weiß bis heute nicht, warum sie das gemacht haben. Aber am Ende mussten sie zahlen. Und mit dem Verkauf des Landes habe ich eine Lebensgrundlage. Ich habe nach Bestehen meines Bachelors eine Zusatzausbildung zur Management-Assistentin absolviert und habe mich dazu entschlossen meinen Traum nach New York zu ziehen zu erfüllen. Ich blicke mit Wehmut, aber auch mit Freude zurück. Ich trage meine Eltern in meinem Herzen und auch meinen Bruder. Doch nun beginnt ein neuer Lebensabschnitt. Ich schaue in den Himmel und weiß genau, dass sie sich, wo auch immer sie sind, mit mir freuen und mir die Daumen drücken, dass ich hier nicht untergehe. Ich bin stark. Stärker als viele andere, denn ich bin schon durch die Hölle gegangen.

RAVEN BARKER

Wie üblich am Morgen lasse ich meine Kreditkarte durch den Schlitz des Kartenlesegerätes gleiten und bezahle für die spektakuläre Nacht. Ja, auch die Damen von heute sind im 21. Jahrhundert angekommen. Auch wenn sie im ältesten Gewerbe der Welt arbeiten. Dumm waren sie noch nie. Damit meine ich jene Frauen die sich nicht von Zuhältern verhökern lassen die in diesem Gewerbe freiwillig arbeiten und das tut Alina. Im Moment ist sie meine Lieblingsdame für die Nacht, mit der ich Spaß und Entspannung suche und meistens auch finde. Ihre lange rote Lockenmähne, ihr blasses Gesicht und ihre grünen Augen erregen mich, wenn ich nur an sie denke. Sie ist temperamentvoll und kann auch schmollen und kratzen wie eine Katze. Aber vor allem ist sie eines nicht: anhänglich. Sie ist professionell genug, um zu wissen, auch wenn ich sie ein paar Mal mehr buche, dass es nur Sex ist, den ich von ihr will. Mehr nicht. Sie zieht sich an, während ich bezahle. So läuft das. Dann wird sie verschwinden und darauf warten, dass ich sie wieder buche oder eine ihrer Kolleginnen. Ich bin ein Arsch, sagt sie, sagen die anderen, sagt mein Cousin Saint, sagen meine Freunde. Aber das perlt an mir ab. Denn ich will nur eines sein, und das ist frei und ungebunden, und vor allem will ich Sex haben, ohne irgendwelche Nettigkeiten von mir zu geben. Dafür habe ich keine Zeit. Mir ist völlig klar, dass ich im Prinzip jede Frau haben kann, die ich will, die ich nur anschaue, aber das sind genau die Frauen, die an einem kleben, die einem Dramen bereiten, wenn man sie am nächsten Morgen quasi rausschmeißt, wenn man keine Nettigkeiten austauschen will. Sie sind nicht wie Alina, die in diesem Moment durch die Wohnungstür verschwindet, dem Geräusch nach zu schließen. Erst jetzt stehe ich auf und stelle mich unter die Dusche. Ich ziehe mich sorgfältig an und beginne den Morgen mit einer Tasse schwarzem Kaffee. Viele würden sagen, so schwarz wie meine Seele. Mit dem Aufzug fahre ich die paar Stockwerke hinunter in mein Büro. Das Büro des CEO, der Baker Holding. Dem BOSS wie viele sagen. Naja, das stimmt jetzt nicht mehr so ganz, denn mein Cousin, der rechtmäßige BOSS der Holding, also nach den Statuten der Holding, bringt sich seit einiger Zeit mehr ein. Was vorher nicht der Fall war. Die Probleme, die er hatte und warum, das ist eine andere Geschichte und eigentlich ist es keine Geschichte. Die waren ... schlimm und ich will gar nicht darüber nachdenken, was er durchmachen musste und trotzdem so ein netter Kerl geworden ist, obwohl er das den wenigsten gezeigt hat. Aber dass er jetzt mehr Verantwortung übernimmt, ist auch in Ordnung, denn Saint ist, wie gesagt, genau das, in Ordnung. Bisher hat er sich nicht eingemischt. Hat mich walten lassen, wie ich will bzw. mich und unsere Daddys. Er hat sich rausgehalten. Das hat sich geändert. Die Liebe hat ihn getroffen und er hat sich verändert. Niemand wusste, was er als Kind durchmachen musste. Warum er sich von der Familie entfernt hatte. Aber das ist Geschichte. Es war furchtbar. Schrecklich! Dass er Holly getroffen hat, ist wirklich ein Segen. Ein Weihnachtswunder, sagt mein Onkel. Und ich bin froh, dass ich jetzt die Last der Familien-Holding mittragen kann. Wir verstehen uns gut, besser als vorher und viel besser, als ich es mir vorgestellt habe.

Ehrlich gesagt, ich dachte, wenn er sich entschließt, endlich in die Firma einzusteigen, würde er mich degradieren und nicht nur mitmachen, sondern alles an sich reißen. So wie es vorgesehen war. Ein CEO als Familienoberhaupt. Wie in einem Königshaus. Über den Vergleich muss ich lachen. Doch irgendwie ist es ähnlich. Saint, er ist ein Macher. Einer wie ich. Er hat bewiesen, wie gut er ist, indem er sich etwas Eigenes aufgebaut hat, und das mit großem Erfolg. Die Barker Holding wird noch viel größer, wenn seine Firma integriert ist. Was ihm allerdings ein Dorn im Auge ist, und da lasse ich nicht wirklich mit mir reden, ist, dass ich ein sehr harter Boss bin. Von meinen engsten Mitarbeitern erwarte ich Perfektion. Aber

Menschen sind nicht perfekt. Machen Fehler. Aber ich hasse nichts mehr und deshalb ist mein Personalverbrauch leider etwas groß. Größer als ihm lieb ist, und das, obwohl auch er den Ruf hat, sehr anspruchsvoll zu sein. Was er auch ist. Vielleicht ist es aber auch einfach so, dass er die perfekten Mitarbeiter schon gefunden hat oder um sich schart. Seine Assistentin zum Beispiel, Nelly, die würde ich sofort abwerben, wenn sie nicht bei Saint arbeiten würde. Sie ist perfekt. Ich glaube, ich habe noch nie eine so gute Assistentin getroffen. Als ich sie einmal im Scherz fragte, ob sie nicht lieber für mich arbeiten würde, war ihre Antwort ziemlich kurz und auch interessant: Nein, sie sind nicht geeignet, mein Boss zu sein. Um ehrlich zu sein, als ich diese Antwort hörte, musste ich erst einmal schlucken, als mir klar wurde, was sie da gesagt hatte. Wow, dachte ich, diese Frau ist der Hammer. Eine Absage gepaart mit einer nicht direkt ausgesprochenen Beleidigung. Im Prinzip, nein für dich arbeite ich in tausend Jahren nicht, weil du bist ein Loser und für so jemanden arbeite ich nicht. Natürlich hat sie es nicht so direkt gemeint, aber ... vielleicht doch. Was ich nie, wirklich nie mache, ist mit Angestellten etwas anzufangen. Deshalb auch lieber gerne auf diesen Escort Service setze so wie heute Nacht. Das ist fast noch schlimmer als mit einer Frau aus der Upper Class. Da gibt es auch Probleme. Und Frauen, die richtig Geld kosten. Die die Firma Geld kosten können. Aber heute muss ich mich wieder mit dem auseinandersetzen, was ich selbst verbockt habe. Aber sie war einfach nicht geeignet. Sie hat nicht das gemacht, was ich von ihr erwarte und auch nicht, wie ich es von ihr erwarte. Ich will eine Nelly 2.0 aber die ist mir bisher in keinem, der Vorstellungsgespräch untergekommen. Vielleicht ja heute, denn ich benötige eine neue Management-Assistentin oder Assistenten und die sich auf die Stelle beworben haben werden heute zum Vorstellungsgespräch kommen. Ich hoffe nur, dass es nicht zu lange dauert.

Aber ich brauche Unterstützung. Und es muss jemand sein, auf den ich mich zu 100 Prozent verlassen kann. Dabei ist es mir egal, ob es eine Frau oder ein Mann ist. Er oder sie muss meinen Ansprüchen genügen. Meine Vorstellungen von Assistenz umsetzen. Dann bin ich zufrieden.

CARALINA

Ich stehe vor dem Spiegel und betrachte mich. Dass ich nach meiner ersten Bewerbung gleich zu einem Vorstellungsgespräch eingeladen werde, hat mich überrascht, aber auch gefreut. Ich habe mich so gut es geht, darauf vorbereitet. Mir die Homepage des Unternehmens quasi als Gutenachtlektüre eingeprägt. Mich mit der Holding auseinandergesetzt, in welchen Geschäftsbereichen dort gearbeitet wird und das sind viele. Diese Holding ist weit verzweigt und verfügt über zahlreiche Geschäftsbereiche. Diese alle zu überblicken wird eine Herausforderung sein und als Management-Assistentin muss ich diese kennen. Ich habe mir die Gesichter der Abteilungsleitern der einzelnen Bereiche eingeprägt. Die Namen und vor allem die der Assistentinnen. Ich habe mich über Raven Barker informiert. Ich habe alles gelesen, was ich im Internet finden konnte, und das war nicht wenig. Er ist auch ein verdammt gut aussehender Mann, dieser Raven Baker. Aber er ist zwar im Moment der CEO, der Boss, der Holding, aber er wird sich diesen Posten mit seinem Cousin teilen müssen. Wenn dieser nicht teilen will, den Posten für sich beansprucht, ihn sogar abgeben müssen. Raven wird in die zweite Reihe treten. Nachdem ich die Einladung zum Vorstellungsgespräch erhalten habe, versuche ich, so viel wie möglich über ihn in Erfahrung zu bringen. Mit jedem Satz, den ich über ihn lese, wird mein Bild von ihm klarer. Vor allem in speziellen Foren, in denen sich Assistentinnen und Assistenten vernetzt haben, erfahre ich viel über ihn. Er ist jemand, der sich nicht festlegen will. Der in der Firma kein Techtelmechtel anfängt und auch keine Freundinnen hat. Aber er scheint gerne bei bestimmten Agenturen Mädchen für die Nacht zu buchen. Das sagt mir, er will sich nicht binden. Er will keine Probleme. Er hat einen auffallend hohen Verschleiß an Assistentinnen. Das wiederum sagt mir, dass er Perfektion will. Aus den genervten Kommentaren einiger Assistentinnen im Forum erfahre ich, dass er keine Fehler verzeiht, man wird sofort gefeuert. Er was dies angeht, ein knallharter Mann ist. Lange hat es bisher noch niemand ausgehalten. Genau das interessiert mich. Da ich weder mit ihm noch mit sonst jemand im Moment, eine Beziehung anstrebe und sich das, wenn es nach mir geht, in absehbarer Zeit auch nicht ändern wird, ist dieser Job ideal für mich. Außerdem ist er sehr gut bezahlt. Und die Wohnung, die ich gemietet habe, kann ich mir weiterhin leisten, ohne ein schlechtes Gewissen zu haben.

Ich habe viel Geld ausgegeben. Viel Geld für Kleider. Habe mich in den besten Boutiquen der Stadt eingekleidet. Ich habe das große Glück, die Figur meiner Mutter geerbt zu haben. Wehmütig denke ich an sie zurück. Durch den Stress der vergangenen Zeit, habe ich zudem viel abgenommen und ich habe nicht vor wieder zuzunehmen. Das Laufband in meiner Wohnung ist nicht zur Zierde. Ich will fit sein und bleiben. Die Kleider, die ich mir gekauft habe, schmeicheln meiner Figur und ich weiß, dass ich darin gut aussehe. Sie sind nicht übertrieben. Nicht zu figurbetont, sondern zurückhaltend und trotzdem nicht dem üblichen Dresscode entsprechend. Ich mag es wahrgenommen zu werden. Ich will nicht auffallen, aber auch nicht untergehen. Und ich habe mir verdammt gute Schuhe gekauft. Mit Absätzen, in denen ich gut laufen kann. Nicht zu niedrig und nicht zu hoch. Zum Glück bin ich nicht zu groß und mit den Absätzen habe ich die ideale Größe. Ich wirke auf mein Gegenüber nicht einschüchternd, aber auch nicht hilflos oder hilfsbedürftig. Das sind alles Dinge, die ich nicht auf der Managementschule gelernt habe, sondern in einigen Zusatzkursen, die mir sehr wichtig erschienen. Ich fühle mich sehr gut auf diese Arbeit vorbereitet. Ich kenne sogar schon einige Telefonnummern auswendig. Zumindest die, die ich auf der Homepage gefunden habe. Ich will diesen Job wirklich. Und ich weiß, dass ich durch mein junges Alter sicherlich gegenüber einigen älteren, erfahreneren Bewerberinnen im Nachteil bin, aber ich hoffe, dass ich ihn von mir überzeugen kann. Das Kleid, das ich trage, habe ich bewusst gewählt. Es ist nicht sexy, aber es steht mir und passt mir wie angegossen. Es ist ein schwarzes, hochgeschlossenes, eng anliegendes Kleid mit einem schmalen, weißen, seitlichen Abnäher, der unter dem Arm beginnt und in einem Dreieck nach unten verläuft und dem Kleid eine interessante Form gibt. Man kann erahnen, dass meine Figur sehr attraktiv ist, aber man kann es nicht wirklich wissen. Die optische Illusion ist perfekt. Die Länge ist genau richtig. Nicht zu züchtig, aber auch nicht zu sexy. Dazu passende schwarze High Heels. Ich gefalle mir. Meine langen Haare habe ich sorgfältig frisiert und gebändigt. Ich werde mir keine Strähnen aus dem Gesicht streichen, die zeigen könnten, dass ich nervös bin oder Aufmerksamkeit suche. Nein, nichts soll darauf deuten, dass ich vielleicht hilflos bin oder flirte. Denn es gibt nur eins, was ich will, und das ist, für Raven Barker zu arbeiten. Ich schminke meine Augen dezent, aber ich weiß, wie ich sie schminken muss, um Aufmerksamkeit zu erregen. Ich bin gespannt, wie er reagieren wird. Ich will ihn nicht locken oder für mich gewinnen, aber ich will, dass er einen zweiten Blick auf mich wirft. Er soll in meinen Augen sehen, dass ich intelligent bin und nicht dumm. Und das zeigen meine Augen. In ihnen kann man sehr viel erkennen. So wie ich in Ravens Blick erkennen kann, dass man ihm nichts vormachen kann. Genauso wenig wie seinem Cousin Saint. Beide Männer haben von ihren Vorfahren hervorragende Gene geerbt und sind mit Sicherheit der Traum vieler Frauen auf diesem Planeten. Nicht nur, weil sie wegen ihres Vermögens attraktiv sind. Ich glaube, man würde sie auch attraktiv finden, wenn sie keinen Dollar in der Tasche hätten. Wer auch immer es war, hat sehr großzügig mit den Genen gespielt, mit schönen Augen, tollem Haar, einem hervorragendem Körperbau, einer große Portion Intelligenz und einer Aura, die jede Frau zum Träumen bringt. Die Mischung, die bei Saint und vor allem bei Raven Barker herausgekommen ist, ist hervorragend. Auch die Namenswahl der beiden Männer war hervorragend. Mir fehlt nur noch ein dritter Cousin namens Luzifer, aber wer weiß, vielleicht gibt es ihn ja noch irgendwo, ich habe nur noch nichts von ihm gelesen. Als ich fertig bin und meinem Spiegelbild noch einmal gesagt habe, dass ich diesen Job bekommen werde, nehme ich meine Schlüssel und meine Tasche und gehe nach unten, um mir ein Taxi zu nehmen und zur Baker Holding zu fahren. Ich schaue die Häuserfront hinauf. Manhattan. Nie hätte ich gedacht, dass ich hier einmal stehen würde, und doch habe ich davon geträumt. Ich wappne mich innerlich und gehe durch die Tür ins Innere des Gebäudes und fahre mit dem Aufzug in das Stockwerk, in dem sich die Zentrale der Baker Holding befindet. An der Rezeption melde ich mich bei der Empfangsdame. Sie mustert mich kurz. Ein Check, ob ich eine potenzielle Kandidatin bin, und doch ist mir klar, dass sie sich auch genau überlegt, ob ich die neue Assistentin des Chefs werden soll. Unhöflich ist sie nicht. Denn zunächst ist Vorsicht geboten.

»Bitte gehen Sie eine Etage höher, den Flur links

entlang bis zum Warteraum. Dort werden Sie erwartet.«

»Danke.« Wenig später öffnen sich die Fahrstuhltüren wieder und ich blicke den Flur entlang. Ich gehe in die Richtung, in die mich die Empfangsdame geführt hat und stehe bald im sogenannten Wartebereich, in dem sich etwa sieben potenzielle Mitbewerber und Mitbewerberinnen befinden. Ich lasse mir nichts anmerken. Aber ich mustere sie genauso wie sie mich. Alle sind älter als ich und sehen in mir keine fachliche Konkurrenz. Aber äußerlich bin ich ihnen allen voraus. Das sage ich, ohne sie beleidigen zu wollen. Sie sehen aus wie Sekretärinnen. Die beiden Männer, gut, die können mich ausstechen, wenn sie mit Mr. Barker auf einer Wellenlänge sind. Wir werden sehen. Bald geht die Tür auf und Mr. Barker steckt seinen Kopf durch die Tür und ruft die erste Dame auf. Die Gespräche dauern nicht lange. Mir scheint, Mr. Barker hat sich ziemlich schnell für eine Person entschieden. Oder er hat sich schon bei der ersten Person entschieden. Ich bin als Letzte gekommen und bin auch als Letzte dran. Das ist keine gute Voraussetzung. Er wird entweder verärgert sein, weil er niemanden gefunden hat, der zu ihm passt, oder verärgert, weil er mich auch noch empfangen muss. Die Tür geht auf und eine weitere Mitbewerberin verlässt den Flur, ohne mich eines Blickes zu würdigen.

»Mrs. Baptist.« Ich stehe auf und folge ihm in den Raum.

»Setzen Sie sich doch.« Ich halte meinen Blick auf ihn gerichtet und warte darauf, dass er das Gespräch beginnt.

»Sie sind noch sehr jung.«

»Das stimmt, und das ist nicht das Einzige, was gegen eine Anstellung spricht.« Mit diesem Satz habe ich seine Aufmerksamkeit. Er lehnt sich zurück. Das Spiel kann beginnen. Allein mit diesem Satz habe ich, wie erhofft, sein Interesse geweckt.

»Ach ja? Und was spricht Ihrer Meinung nach noch gegen Sie?« Ich glaube, ein amüsiertes Lächeln wahrzunehmen:

»Ich bin jung, unerfahren und sehe gut aus. Trage nicht die typische Sekretärinnenkleidung. Übrigens nur, weil ich genau das nicht bin - eine Sekretärin. Was für mich spricht, sind, meine exzellenten Noten. Ich habe ein ausgezeichnetes Gedächtnis für Zahlen, Namen und auch Gesichter. Ich kann sagen, auch wenn es meinen Arbeitgeber nichts angeht, dass ich keinen Freund habe. Solche Ablenkungen kann ich im Moment nicht gebrauchen. Mein Bestreben ist es, meinen Job als Managementassistentin bestmöglich auszuführen. Ich möchte mich in meinem Beruf etablieren. Ich bin schon gut. Das erlaube ich mir zu sagen. Mr. Barker, ich weiß, dass Sie einen ziemlich hohen Verschleiß an Assistentinnen haben. Wahrscheinlich, weil Sie sehr anspruchsvoll sind, aber ein Grund könnte auch sein, dass Ihre bisherigen Assistentinnen Ihren Job als Sekretärin angesehen haben. Das möchte ich aber nicht sein. Ich habe eine sehr gute Ausbildung und bin nicht bereit, nur Sekretärin zu sein. Das ist mir zu wenig. Allerdings habe ich im Gegenzug, und das mag aufgrund meines Alters und der geringen

Erfahrung, die ich bisher vorweisen kann, etwas voreilig oder anmaßend sein, auch Forderungen an meinen Boss.«

»Die wären?« Jetzt ist es offensichtlich. Er amüsiert sich über mich.

»Ich erwarte, dass Sie sich eine Stunde Zeit für mich nehmen, bevor ich für Sie arbeite. Dass Sie meine Fragen schnell beantworten, ohne lange nachzudenken. Das ist alles. Danach steht von meiner Seite einer hervorragenden Zusammenarbeit nichts mehr im Wege.« Ich schweige. Er mustert mich. Lehnt sich zurück. Das Telefon klingelt. Meine Zeit ist um. Ich erkenne das Zeichen. Deshalb stehe ich auf. Er sieht mich an. Ich deute nur auf das Telefon, das immer noch klingelt.

»Mein Zeichen. Die Zeit ist um.« Jetzt lächelt er zum ersten Mal richtig, und ich muss den geübten Gesichtsausdruck vor dem Spiegel anwenden, um ihn nicht erstaunt anzuschauen. Er ist ... perfekt. Auf den Fotos schon und live auch. Aber ihn jetzt in Wirklichkeit lächeln zu sehen, das ist fast zu viel. Dieser Mann wird mir Probleme bereiten, wenn er mich einstellt. Da ist ein Grummeln und Summen in meinem Bauch, das dort nicht hingehört. Ich drehe mich zur Tür. Will gehen, aber er hält mich zurück. Nimmt den Hörer in die Hand und sagt nur:

»Keine Anrufe in den nächsten zwei Stunden«. Sie haben eine Stunde. Ich frage nicht, ob ich den Job habe, diese Frage wäre dumm, denn er hat mir eine Antwort gegeben, indem er meinen Wunsch erfüllt hat. Ich hole meinen Rekorder aus der Tasche, lege ihn vor ihm auf den Schreibtisch und drücke auf Aufnahme. Wenn er überrascht ist, zeigt er es nicht. Dann fange ich an. Bei den ersten Fragen lächelt er noch, aber als er merkt, dass ich wirklich vorbereitet bin und das Frage-Antwort-Spiel ernst nehme, ist er voll konzentriert und bei der Sache. Ich habe keine Notizen. Ich habe mir die Fragen immer und immer wieder eingeprägt:

»Wie trinken Sie Ihren Kaffee?«

»Wann fangen Sie normalerweise mit der Arbeit an?«

»Möchten Sie Ihren Kaffee vor dem ersten Telefonat?«

»Wie halten Sie es mit dem Mittagessen?«

»Wie mit Terminen?«

»Wo gehen Sie am liebsten mit Geschäftspartnern essen?«

»Wo gehen Sie am liebsten nicht hin?«

»Welches ist Ihr Lieblingsrestaurant?« Eine Frage reiht sich an die andere.

»Wo übernachten Sie am liebsten mit Ihren Geschäftspartnern?«

»Welche Personen soll ich jederzeit durchstellen oder vorlassen?«

»Welche nicht?«

»Ich hätte gerne eine schwarze und eine weiße Liste mit den Namen.« Ich halte, glaube ich, zu seiner Überraschung sehr lange durch. Am Ende sind wir nach vierzig Minuten fertig. Ich nehme das Aufnahmegerät und drücke die Stopptaste. »Danke.« Er grinst und schaut auf die Uhr.

»Wir haben noch zwanzig Minuten.«

»Stimmt.«

»Die werde ich jetzt nutzen.« Okay, damit hätte ich nicht gerechnet, aber er scheint Humor zu haben. Auch wenn ich aus den vielen Berichten gelernt habe, dass dem nicht so ist. Er beginnt mit den gleichen Fragen wie ich …

»Wie trinken Sie Ihren Kaffee?« Was mir ein Lächeln ins Gesicht zaubert. Er fragt mich, wie ich vorher auch, vieles. Allerdings sehr wenig über mein Privatleben, was ich zu schätzen weiß, denn auch ihm habe ich nur eine einzige Frage gestellt. Ob er eine Freundin habe, von der ich wissen sollte. Fünf Minuten vor Ende der Stunde hört er auf.

»Sie werden in den nächsten Tagen Ihren Vertrag erhalten. Ich erwarte Sie am Montag.« Ohne nachzudenken, frage ich ihn.

»Sie brauchen diese Woche niemanden? Ich kann morgen anfangen, wenn Sie wollen.« Erneut sieht er mich mit diesem Blick an. Nach ein, zwei Atemzügen steht er auf.

»Kommen Sie mit Mrs. Baptist.«

»Caralina. Mr. Barker. Caralina reicht.« Wieder nickt er und ich folge ihm. Er begleitet mich den Flur entlang, zu seinem Büro und meinem neuen Arbeitsplatz, vermute ich. Er zeigt mir die kleine Küche und stellt mich der Assistentin seines Cousins vor. Nelly Huhle. Sie reicht mir die Hand, schaut mich an. Nicht abschätzig, sondern interessiert. Ich bin mir ziemlich sicher, dass sie ihre Arbeit so macht, wie ich meine machen will. Mit festem Händedruck reiche ich ihr die Hand.

»Hallo Mrs. Huhle, ich bin Caralina.« Sie nickt nur und

wendet sich wieder ihrer Arbeit zu. Offenbar gehört Raven zu den Personen, die das Büro ohne Anmeldung betreten dürfen, denn er klopft kurz an und tritt ein. Stellt mich seinem Cousin Saint Barker vor, der mich interessiert mustert. Er reicht mir die Hand und begrüßt mich mit meinem Vornamen.

»Hallo Caralina, auf eine gute Zusammenarbeit.«

»Das habe ich vor. Danke, Mr. Barker.« Er nickt und schaut Raven an. Ich merke deutlich, dass die beiden sich noch unterhalten wollen. Auch wenn ich in den nächsten Wochen sicher noch viel von und über die beiden erfahren werde, lasse ich die beiden allein und begebe mich zu Nelly. Die schon auf mich gewartet hat.

»Bitte töten Sie mich nicht gleich und bilden Sie sich erst in ein paar Tagen eine Meinung. Ich bin zu jung und unerfahren, aber ich bin gut und ich weiß, dass Mr. Barker gut aussieht und auch, dass er sehr reich ist. Aber das heißt nicht, dass ich eine Affäre mit ihm anfangen will. Wir wissen beide, dass ich, wenn ich das vorhätte, schneller die Tür von außen sehen würde, als mir lieb ist. Außerdem weiß ich, dass Raven sich gerne anderweitig amüsiert.« Sie lächelt.

»Wenn du es so nennen willst. Ich bin Nelly. Wo hast du die letzten Jahre gesteckt? Gut, das kann ich mir selber beantworten, vermutlich hast du noch im Sandkasten gespielt.«

»Das nicht, aber ja ich war noch auf dem College. Bekomme ich eine Chance bei dir?« Die Tür geht auf, bevor sie mir antworten kann. Ich schaue Raven an, der aus dem Büro kommt.

»Morgen früh bist du pünktlich auf der Arbeit und wenn du noch Zeit hast, wende dich an Nelly. Sie kann dir mit der Einlasskarte helfen, damit du morgen ohne Kontrolle in die Firma kommst. Deinen Vertrag lasse ich für dich fertig machen.« Ich nicke ihm zu.

»Dann bis morgen.« Damit verschwindet er und ich wende mich wieder Nelly zu, von der ich hoffe, dass sie mir keine Steine in den Weg legt, mir zwar nicht hilft, aber wie gesagt auch nicht meine Arbeit sabotiert. Sie nimmt den Telefonhörer in die Hand und ruft einen Marquess an.

»Ich habe dir gerade eine E-Mail geschickt. Mrs. Baptist wird in zehn Minuten bei dir sein. Spätestens in einer Stunde sollte Sie die Einlasskarte haben.« Sie nickt. Legt auf. Und meint:

»Erster Stock Zimmer 22 Marquess wartet auf dich, und Caralina. Du bekommst deine Chance, und die erhalten nicht viele.«

»Danke.« Mit diesen Worten gehe ich. Nellys Blick ist mir bewusst. Nur eine Stunde später besitze ich eine Magnetkarte. Habe eine E-Mail-Adresse und bin mit Ravens Kalender verbunden. Außerdem habe ich ein Tablet in der Tasche und ein neues Handy. Zudem einen Laptop, auf dem alle Zugangsdaten installiert sind. Ich kann sowohl zu Hause als auch hier arbeiten. Allerdings musste ich vorher ein Dokument unterschreiben, das mir kurz den Atem verschlagen hat, denn wenn ich die Geräte verliere oder missbräuchlich verwende oder Daten kopiere, dann ist das schlecht für mich.

RAVEN

Nach den ersten fünf Bewerbern oder Bewerberinnen hatte ich schon die Nase voll und war mehr als genervt. Keiner war auch nur annähernd so, wie ich ihn mir vorgestellt hatte. Alle waren ... langweilig ohne Pfiff und gleichzeitig ... so wie alle bisher. Ich weiß ja, dass ich zu große Ansprüche stelle, dass ich mich schämen sollte, so einen Verschleiß an Assistentinnen zu haben. Deshalb habe ich diesmal auch Männer eingeladen, in der Hoffnung, dass sie vielleicht besser sind oder dass ich mich mit ihnen wohler fühle. Irgendeine Verbindung, was auch immer. Alle zusammen sind sie wahrscheinlich sehr gut ausgebildet und ich sollte mich, wie gesagt, schämen. Aber wenn ich nach den ersten drei Sätzen oder nach dem ersten Händeschütteln schon gelangweilt bin und mir sicher bin, dass das nichts wird, dann verliere ich auch die Lust an den weiteren Bewerbern. Zehn! Fünf habe ich überstanden, fünf muss ich noch über mich ergehen lassen. Nach der neunten bin ich nicht nur genervt, ich habe einfach keine Lust mehr auf die zehnte, aber es wäre unhöflich, sie nicht anzuhören, oder anders gesagt, ich brauche jemanden. Im Moment kann ich blind eine Mappe ziehen. Jeder oder jede wäre genauso geeignet oder auch nicht, oder wie auch immer man es nennen will. Ich stehe auf. Ich bitte die Letzte in den Besprechungsraum zu kommen. Sie sieht gut aus, das muss ich ihr lassen. Nicht aufreizend, aber doch so, dass man sie nicht übersehen kann.

»Bitte nehmen Sie Platz.« Sie hält den Blick auf mich gerichtet, auch das ist neu. Sie hat keine Angst vor mir. Ist nicht schüchtern.

»Sie sind noch sehr jung.« Ist der erste wirklich blöde Satz, den ich sage und zu meiner Überraschung kontert sie sofort und auf eine Art, die mich in Sekundenschnelle gefangen nimmt. Ich werde doch nicht endlich jemanden gefunden haben, der ... Ich bin jemand, der gerne aus dem Bauch heraus entscheidet. Nicht nur, dass sie mit diesem ersten Satz schon mehr Punkte hat als alle neun vor ihr.

»Das stimmt, aber das ist nicht das Einzige, was gegen eine Einstellung spricht.« Ich lehne mich zurück.

»Ach ja, und was spricht sonst noch dagegen?« Sie ist erfrischend anders. Sie lügt nicht, zählt auf, was alles gegen sie spricht und im gleichen Atemzug, was für sie spricht und stellt Forderungen an ihren Boss! Perfekt. Sie ist einfach perfekt. Ich mag sie und gehe auf das Spiel ein, das kein Spiel ist.

»Ich erwarte eine Stunde Ihrer Zeit. Eine Stunde Ihrer geschätzten Zeit, in der Sie mir alle Fragen beantworten, die ich wissen will. Das ist mir wichtig, damit ich gut mit Ihnen zusammenarbeiten kann.« Sie wartet. Wow! Ich bin mir sicher, dass ich bei dieser doch etwas frechen Forderung die Augenbrauen hochziehe, aber sie gefällt mir immer besser.

»Ich erwarte, dass Sie meine Fragen schnell beantworten, ohne lange zu überlegen. Mehr nicht. Danach steht einer guten Zusammenarbeit nichts mehr im Wege.« Ich schweige. Bewundere diese junge Frau vor mir, die den Blick nicht senkt. Die keine Angst vor mir hat, keine Bedenken, zu weit gegangen zu sein. Sie erwartet wirklich, dass ich mir die Zeit nehme. Und ich beschließe, sie ihr zu geben. Aber nicht ernst nächste Woche, wenn sie anfängt, sondern jetzt. Mal sehen, wie schnell sie reagiert oder ob sie einen Rückzieher macht.

»In Ordnung Mrs. Baptist. Fangen Sie an.« Sie zögert keine Sekunde. Die Überraschung ist groß, aber die Tatsache, dass man sie gerade eingestellt hat, nimmt sie mit erstaunlicher Gelassenheit zur Kenntnis. So schnell bringt sie nichts aus der Ruhe. Ein weiterer Vorteil. Sie greift in ihre Tasche und holt etwas heraus. Ein Stück Papier? Nein es ist ein Recorder. Sie legt ihn gut sichtbar vor mir auf den Schreibtisch, drückt auf die Aufnahmetaste und beginnt. Ohne dass sie eine Vorlage hat. Sie bombardiert mich mit so lapidaren Fragen wie ... Wie trinken Sie Ihren Kaffee? Wann fangen Sie an? Wo gehen Sie gerne essen? Aber dann kommen auch explizitere Fragen. Bei welcher Agentur buchen Sie am liebsten eine Begleitung für den Abend? Welche Hotels bevorzugen Sie für Geschäftsessen mit Geschäftspartnern? Welche Personen wollen Sie ausdrücklich nicht sehen? Wer steht auf der schwarzen Liste, wer hat jederzeit Zutritt? Sie ist clever, denke ich. Absolut clever. Nach vierzig Minuten sind wir fertig und ich verbringe die restliche Zeit damit, den Spieß umzudrehen, um auch etwas über sie zu erfahren. Aber dann mache ich etwas ganz Spontanes. Ich stelle sie Nelly und Saint vor. Etwas, was ich noch nie gemacht habe. Ihre Reaktion ist entsprechend. Doch Nelly hat sich erwartungsgemäß schnell im Griff und ich bin mir sicher, dass sich die beiden gut verstehen werden. Saint sieht mich mit diesem lauernden Blick an, den nur er hat, und grinst.

Als Caralina, wie sie genannt werden will, zu Nelly geht und ich noch auf ein Wort bei ihm bin, sagt er genau das, was ich befürchtet habe. »Was ist passiert? Hat dich der Blitz getroffen?«

»Idiot.«

»Hey, sie ist nett, sie sieht super aus... wow! Und ich glaube, sie ist perfekt.«

»Genau mein Gedanke. Ich glaube, ich habe meine Nelly tatsächlich gefunden, nach unzähligen Versuchen.«

»Deine Nelly?«

»Ja, was dachtest du denn?« Saint sieht mich mit diesem besonderen Blick an. Ich muss lachen und sage:

»Jetzt halt mal die Luft an. Sie ist bestimmt keine Holly.« Allein, dass ich das sage und Saint wieder amüsiert grinst, lässt mich innehalten. Das hat er nicht so gemeint und ich bin ihm auf den Leim gegangen. Ohne weitere Worte verlasse ich das Büro und bereite mich auf den Tag vor. Verabschiede mich von Caralina, die morgen anfängt. Soll mir recht sein.

CARALINA

Ich habe den Job! Meine Güte, ich habe den Job! Leichtfüßig trete ich aus dem Gebäude auf die Straße und kann mein Glück kaum fassen. Ich schaue in den Himmel und rufe meinen drei Lieben laut zu: »Ich habe den Job! Mama, Papa, ich bin so glücklich! Jack, ich danke dir, dass du auf mich aufgepasst und mir all diese Fragen zugeflüstert hast. Ich liebe dich für immer.« Danach gehe ich zur Metro und gönne mir zur Feier des Tages einen Kaffee und ein Stück leckeren Kuchen in der Straße, in der meine Wohnung liegt. Ich nehme beides mit nach Hause und setze mich sofort an den Tisch, um mir das Tonband anzuhören. Mir Notizen zu machen. Sie auswendig zu lernen und die Telefonnummern herauszusuchen, die ich brauche. Am Nachmittag fahre ich zu den drei Hotels, die Raven mir genannt hat, und stelle mich vor. Wenn sie erstaunt sind, zeigen sie es mir nicht. Aber jetzt habe ich wie sie einen Namen und ein Gesicht vor mir. Menschen, die ich direkt ansprechen kann, wenn ich mal kurzfristig ein Zimmer brauche. Das ist immer gut. Ja, ich bin übereifrig, aber ich will Raven, wie ich meinen Boss schon heimlich nenne, nicht enttäuschen. Als ich gegen neun Uhr fertig bin, lehne ich mich zurück. Meinen Laptop lasse ich noch offen vor mir liegen, mit dem Foto von Raven vor mir. In Wirklichkeit sieht er viel besser aus als auf dem Foto auf der Homepage. Ich habe keine Ahnung, wer dafür verantwortlich ist, aber dieses Bild zeigt nicht den Mann, den ich kennengelernt habe. Bei Saint ist das ganz anders. Er zeigt, was er ist. Ein Mann, mit dem man auskommt, wenn man ihn akzeptiert. Er zeigt die Macht, die er hat, und dass er weiß, was er kann. Er ist der Boss auf diesem Bild. Raven dagegen wirkt wie ein junger Mann, der zufällig in diese Rolle geraten ist. Das ist er nicht. Ich weiß, dass er seit einigen Jahren die Geschicke der Familienholding lenkt, und er tut das mit einem guten Gespür, mit Wissen und Können. Er ist ein Alphatier, wie man so schön sagt, und das ist Saint auch. Nur bei ihm sieht man das auf den ersten Blick, wenn man dieses Foto betrachtet. Bei Raven nicht. Ich bin mir sicher, dass viele, die ihm zum ersten Mal begegnen, erst in diesem Moment merken, dass sie einen Gegner, einen Partner auf Augenhöhe vor sich haben.

»Gut, Raven, vielleicht ist es das, was du willst. Aber ich glaube es einfach nicht.« Wenn sich die Gelegenheit ergibt, werde ich ihn darauf ansprechen oder ihm eine Mail schreiben und fragen. Mir ist aber auch klar, dass das nicht unbedingt in meinen Zuständigkeitsbereich fällt und dann wieder ... warum nicht. Ich bin seine Managementassistentin und dazu gehört nicht nur, dass ich weiß, wo er seine Anzüge reinigen lässt, sondern auch, wie er sich nach außen präsentiert. Zumindest hoffe ich das. Eine kleine Sekretärin will ich nicht sein. In diese Schublade lasse ich mich nicht stecken. Aber es liegt an mir, wie schnell er merkt, dass ich ihm eine große Hilfe sein kann und sein werde. Und dann diese Frauen. Dass er nur Escort-Girls mit nach Hause nimmt, wundert mich. Wenn es stimmt, aber ich habe nirgendwo etwas anderes gelesen. Von den Frauen der Oberschicht lässt er die Finger, und ich glaube, das weiß jeder. Es gäbe sicher genug andere schöne Frauen auf der Welt. Ich betrachte ihn noch einmal. Er hat etwas Geheimnisvolles an sich. Vielleicht gerade deshalb, weil er sich nicht mit Frauen im Allgemeinen abgibt. Oder anders gesagt, sie nicht ... ach, ich weiß nicht. Sein Cousin Saint war nach meinen Recherchen ganz anders. Er hat gerne eine Frau nach der anderen in seinem Bett eingeladen. Allerdings ohne sich je auf eine längere Beziehung einzulassen. Die beiden sehen sich sehr ähnlich, man sieht, dass sie verwandt sind. Sie könnten auch Brüder sein. Das würde jeder sofort glauben. Aber sie sind es nicht. Beide haben andere Daddys und Mums. Und doch haben sich die Gene der Daddys definitiv bei beiden durchgesetzt. Ich bin aufgeregt und gespannt, was der morgige Tag bringt. Stress, da bin ich mir sicher, aber auch positiven. Ich brenne darauf, loszulegen, zu zeigen, was ich kann und das kann ich auch.

Ich weiß, dass ich gut bin und das werde ich Raven Barker ab morgen beweisen. Ihm zeigen, dass seine Entscheidung, mich einzustellen, richtig war. Mit einem Lächeln im Gesicht und voller Vorfreude gehe ich ins Bett und schlafe sofort ein. Mit dem Wissen, dass dies die letzte Nacht sein wird, in der ich so ruhig und tief schlafen werde. Ab morgen heißt es, immer bereit sein. Mein Handy wird nicht mehr ausgeschaltet oder stumm geschaltet und in einem bin ich mir absolut sicher: Raven Barker wird mich fordern und ich werde mich bestimmt keine Minute langweilen. Keine Sekunde.

Pünktlich um acht Uhr stehe ich vor meinem neuen Arbeitsplatz. Der Schreibtisch vor Ravens Büro. Ich schalte den PC ein, betrete kurz Ravens Büro und schaue mich um. Kontrolliere, wo er seinen Ersatzanzug aufgehängt hat, die Hemden. Notiere mir, dass ich unbedingt für Nachschub sorgen und ihm noch zwei oder drei Hemden mit dem entsprechenden Label besorgen muss. Außerdem sehe ich, dass seine kleine Hausapotheke fast leer ist. Raven, so scheint es mir, braucht ab und zu Kopfschmerztabletten. Die Packung ist nicht alt. Sie hat ein aktuelles Datum und trotzdem ist die Schachtel fast leer. In seiner kleinen Bar hat er auch ein paar gute Tropfen Whisky. Das scheint auch ein Steckenpferd von ihm zu sein, wie bei seinem Cousin Saint, der nach meinen Recherchen ein Whiskey-Liebhaber zu sein scheint. Daneben stehen Energy Drinks einer bestimmten Sorte. Schnell mache ich mir eine innere Notiz. Dann gehe ich in die kleine Teeküche und schalte die Kaffeemaschine an. Ich hole den Kaffee aus meiner Tasche, den ich am liebsten trinke, und wechsle die Bohnen aus. Denn die Marke, die gerade getrunken wird, ist alles andere als gut. Dann schaue ich in Ravens Terminkalender für den Tag und die Woche. Lese mich ein. Und öffne die Post, die auf meinem Schreibtisch liegt, und lege sie für ihn in eine Mappe. Er ist ein vielbeschäftigter Mann und sicher nicht nur zur Zierde CEO der Barker Holding. Als er kommt. Mir einen guten Morgen wünscht und in seinem Büro verschwindet, folge ich ihm fünf Minuten später mit der bereits vorbereiten Mappe, in der Dokumente liegen, die er unterschrieben muss und in der die Post liegt, die mir wichtig erscheint. Ich stelle ihm die Tasse mit dem dampfenden Kaffee auf den Tisch und verschwinde wieder. Eine halbe Stunde später habe ich eine Ahnung, was mich erwartet. Der Tag vergeht wie im Flug. Ein Telefonat, ein Auftrag nach dem anderen. Es macht mir Spaß. Ich weiß, dass ich mir keinen Fehler erlauben darf, denn der würde mich direkt aus der Firma werfen. So ist das eben. Deshalb ist der Lohn meiner Arbeit, genau das nicht - gefeuert zu werden. In den nächsten Wochen passiert viel, ich schaffe es, Raven davon zu überzeugen, einige Dinge anders zu gestalten und zu ändern. Ihm klar zu machen, dass meine Art die angenehmere oder funktionellere ist. Ich schaffe es auch, ihn dazu zu bringen, ein anderes Foto von ihm auf die Homepage zu stellen, und auch sonst scheint es mir, dass wir gut miteinander auskommen. Was mir überhaupt nicht gefällt, und das ist ein Gefühl, das einfach nicht richtig ist, ist die Tatsache, dass ich unglaublich eifersüchtig auf die Damen des Escort-Services bin. Eine hat es ihm besonders angetan. Ich muss sie öfter buchen, als mir lieb ist. Eine rothaarige Schönheit. Blasse Haut, katzengrüne Augen und ebensolche Krallen. Ich habe sie nur einmal gesehen und mir war von der ersten Sekunde an klar, dass sie zwar ein Escort-Girl ist, aber andere Vorstellungen vom Leben hat. Sie sucht einen Mann zum Heiraten. Dumm nur, dass die wenigsten ihrer Kunden sie als passende Partnerin oder Mutter ihrer Kinder sehen werden. Sie studiert Jura, ist blitzgescheit, aber ... in meinen Augen ist das, was sie tut, nicht unbedingt karrierefördernd. Auch wenn sie glaubt, dass diese Liebschaften ihr dabei helfen. Das kann ich mir nicht vorstellen. Raven redet nie mit mir über sich oder über Privates. Trotzdem bekomme ich viel mit. Wie auch nicht. Mit Nelly verstehe ich mich von Tag zu Tag besser und ich muss zugeben, dass Saint auch ein Mann ist, der mir sehr sympathisch ist. Er und Raven arbeiten unglaublich viel. Wenn jemand das Gegenteil behauptet, muss ich dem widersprechen. Saints Vater ist auch oft hier im Büro und jedes Mal, wenn er mich noch an meinem Schreibtisch sitzen sieht, schaut er mich erstaunt an. Ich habe das Gefühl, dass er nicht versteht, wie ich seinen Neffen aufhalten kann.

Als die ersten Monate hinter mir liegen und die Adventszeit beginnt, werde ich wie jedes Jahr wehmütig. Es wird das vierte Weihnachten ohne meine Familie sein. Das erste Weihnachten alleine in einer fremden Stadt und ich werde nicht viel Zeit haben, das weihnachtliche New York zu erkunden. Obwohl Raven sehr anstrengend sein kann, ruft er mich nach der Arbeit, die oft bis spät in die Nacht dauert, nur selten an. Anfang Dezember war ich auf der Fifth Avenue, um mir ein paar neue Outfits für das Büro zu kaufen. Raven war sehr großzügig. Er hat mir Anfang Dezember einen Bonusscheck als Weihnachtsgeschenk gegeben. Das hatte ich nicht erwartet, aber ich freue mich sehr darüber. Raven bezahlt mich sehr gut für meine Arbeit und trotzdem hat er mir noch etwas extra gegeben. Das bestärkt mich darin, dass ich meine Arbeit gut mache. Und ich gebe das Geld für Kleidung und Schuhe aus. Das ist vielleicht blöd, aber ich finde, das gehört einfach dazu. Und nein, ich gehöre nicht zu dieser Oberschicht. Ich habe auch nicht so viel Geld, aber ich verhungere nicht. Ich genieße es, gebe ich zu, wenn Raven mich in einem, wie er meint, unbeobachteten Moment wohlwollend ansieht oder sich sogar herablässt, mir zu sagen, wie gut mir mein Kleid steht. Ich weiß, dass er das nicht sexuell meint. Aber ... ich weiß nicht wie. In der Boutique meines Vertrauens finde ich drei wirklich perfekte Kleider. Die Verkäuferin kennt mich schon und sie kennt meinen Geschmack. Heute habe ich das Glück, dass sie frei ist und als sie mich sieht, kommt sie sofort mit einem freundlichen Lächeln auf mich zu.

»Hallo Mrs. Baptist. Schön, Sie wieder zu sehen. Kann ich Ihnen behilflich sein?«

»Sehr gerne. Und ich hoffe Sie haben etwas für mich.«

»Sicher.« Sie bringt mir ein paar Kleidungsstücke, die ich am liebsten alle mitnehmen würde, aber das wird nicht möglich sein. Ich bin zwar sehr zielstrebig aber auch rational. Doch wenn es ums Einkaufen geht, bin ich ein typisches Mädchen. Ich liebe es, Sachen anzuprobieren und mich im Spiegel zu betrachten. Ich suche Schuhe, Strümpfe und all die anderen Dinge aus, die zu einem perfekten Outfit gehören. Heute habe ich Zeit dafür und kann aus dem Vollen schöpfen. Mary trifft genau meinen Geschmack und ich vertraue ihr auch, was meine Größe angeht. Doch als sich die Ladentür öffnet und eine Dame hereinkommt, sehe ich genau, wie sie die Augen verdreht und ein Problem hat. Sie schaut mich an, dann wieder zur Kundin. Wendet sich mir zu.

»Bitte, Frau Baptist, seien Sie nicht beleidigt. Ich werde Sie unterstützen, so gut ich kann. Aber ... Sie wird mich ...« In diesem Moment hallt ein Schrei durch den Raum.

»Maybel, wo sind Sie? Ich habe nicht ewig Zeit.« Sie durchquert den Raum und als sie ihren Namen ausspricht, weiß ich, wer den Laden betreten hat.

»Mrs. Adams, schön Sie wieder zu sehen. Was kann ich heute für Sie tun?«

»Ich brauche ein Kleid für die Party am Wochenende. Eines, das Aufmerksamkeit erregt und meine Vorzüge zur Geltung bringt.« Ich schaue durch den Vorhang und muss lächeln, ich bin gemein, denke, Vorzüge hat sie definitiv. Ihre Brüste hat bestimmt nicht der liebe Gott modelliert, falls doch, entschuldige ich mich. Aber ich vermute eher, dass ein begnadeter Chirurg Hand angelegt hat. Ich habe keine Ahnung, wie die Verkäuferinnen es immer wieder schaffen, genau für solche Leute Kleidung zu finden. Die Designer scheinen spezielle Größen zu haben. Denn der Körper ist meistens Größe 34 bis 38, aber der Oberkörper ... ich hätte Angst, wenn ich solche Brüste hätte. Ich bin sehr zufrieden mit meinem schönen B-Körbchen. Als ich das Kleid angezogen habe, das Maybel mir mitgebracht hat und das mir wie angegossen passt, trete ich aus der Kabine und stelle mich vor den Spiegel. Ich sehe genau, wie Mrs. Adams mich mustert. Neidisch. Mir wird klar, dass es nicht am Kleid liegen kann. Es ist züchtig und doch wieder nicht. Es ist geschmackvoll und ganz sicher ein Kleid fürs Büro. Ich muss es haben. Die Farben, das Muster, es ist perfekt. Dieses Kleid wird heute mir gehören. Dann gehe ich zurück in die Kabine und ziehe ein anderes Kleid an. Währenddessen höre ich die nervige Kundin, es ist Mrs. Adams, meckern. Sie ist mit keinem Kleid zufrieden, auch nicht mit den Größen. Mal ist das Kleid zu kurz, mal zu lang, mal zu unauffällig, mal zu viel. Sie hat einfach keine klare Linie, keinen Stil und schon gar keinen Geschmack, und genau das macht es Maybel so schwer. Als ich mit einem anderen Kleid aus der Umkleidekabine komme und Mary mir den Reißverschluss hochzieht, während Mrs. Adams sich ein Kleid anzieht und ich mich im Spiegel betrachte, flüstert sie mir zu: »Es passt perfekt. Es ist wie für Sie geschneidert. Auch das Erste.«

»Maybel, du hast einen guten Geschmack.« In diesem

Moment kommt Mrs. Adams wieder aus der Kabine und Maybel schließt auch ihr Kleid am Rücken. Dasselbe Kleid, das ich vorhin getragen habe. Ich muss lächeln, aber es ist mir egal. Wenn sie es kauft, hat Maybel einen guten Job gemacht, und ich werde mit Sicherheit nicht auf der Party erscheinen, zu der Mrs. Adams geht. Wir werden also keine Klamottenzwillinge. Es wird nicht peinlich werden, zumal ihr das Kleid nicht steht. Es ist kein Partykleid. Sie hat, wie gesagt, überhaupt keinen Geschmack. Auch das dritte Kleid passt mir wie angegossen und der Designer wird definitiv mein Lieblingsdesigner werden, obwohl Kleid Nummer drei von einem anderen entworfen wurde. Das merke ich, als ich es wieder ausziehe. Auch diesen werde ich im Auge behalten. Voll bepackt mit meinen Schätzen verlasse ich wenig später die Boutique. Ich höre noch, wie Mrs. Adams Maybel nach meinem Namen fragt. Der ihr nichts sagen wird. Und sie beruhigt. Ich bin keine Konkurrenz für sie. Ich denke an Raven, der sich heute Abend wieder mit der rothaarigen Escortlady vergnügen wird. Wenn ich an Mrs. Adams denke, wundert mich das eigentlich nicht. Ich bin mir sicher, wenn er die Nacht mit ihr verbringen würde, würde er sie nicht mehr so leicht loswerden. Zumal ich mir nicht sicher bin, ob er überhaupt darüber nachdenken würde. Ich denke an die Brüste, unter denen man fast ersticken könnte. Das wiederum lässt mich laut auflachen und dann taucht die rothaarige Schönheit wieder vor meinem inneren Auge auf. Scheiße, ich bin eifersüchtig und das steht mir nicht zu. Ich bin nur eine kleine Angestellte. Gut, vielleicht ein bisschen mehr als klein, aber letztlich austauschbar und viel zu jung für Raven. Er würde mir keine Träne nachweinen, wenn ich nicht mehr bei ihm arbeiten würde. Glaube ich zumindest, hoffen tu ich selbstverständlich etwas anderes und letztlich will ich überhaupt nicht entlassen werden. Zu Hause angekommen, räume ich meine Schätze in den Schrank und stelle fest, dass sich meine Kleiderauswahl inzwischen sehen lassen kann. Ich freue mich darüber und es ist eine Art Schatz für mich. Wenig später sitze ich auf der Coach und mein Telefon klingelt. Meine Tante ist am Telefon. Sofort muss ich lächeln und gleichzeitig habe ich ein schlechtes Gewissen. Denn es ist schon eine Weile her, dass ich sie angerufen habe.

»Hallo Caralina.«

»Tante. Es tut mir leid, dass ich mich so lange nicht gemeldet habe. Es tut mir wirklich leid. Aber ich war sehr beschäftigt und die Arbeit macht mir unglaublich viel Spaß. Aber sie ist auch anstrengend.«

»Übernimm dich nicht. Ich habe gelesen, dass die Barker Holding nicht gerade klein ist, und dein Boss soll ein Arbeitstier und Sklaventreiber sein. Behandelt er dich gut?« Ich muss lachen und denke. Wenn Raven das hören könnte, würde es ihm gefallen.

»Du lachst?«

»Ja, denn ich bin mir sicher, dass Raven diese Bezeichnung gefallen würde und ja, er arbeitet viel und erwartet das auch von seinen Angestellten, aber er ist nicht unfair.« Sie ist still.

»Du magst ihn?«

»Auf jeden Fall. Er ist ein sehr angenehmer Mensch, ich bewundere ihn dafür, wie er das alles schafft. Er hat ein gutes Gespür für Menschen und noch mehr für gute Geschäfte. Es kommt nicht oft vor, dass er Niederlagen einstecken muss.«

»Was einem Menschen manchmal gut tut, daran wächst man.« Ich schweige. Sie hat nicht unrecht. Aber ich muss sagen, dass ich im Moment nicht weiß, wohin er noch wachsen soll.

»Du bist so still.«

»Ich habe über deine Worte nachgedacht.«

»Caralina, ich rufe an, weil ich dir vorschlagen oder anbieten möchte, Weihnachten mit uns zu verbringen. Bitte komm und bleib ein paar Tage bei uns. Glaubst du nicht, dass es dir gut tun würde und du so gestärkt ins neue Jahr gehen könntest?« Ich überlege nicht lange, denn ja, alleine das Fest zu feiern ist nicht schön und ich mag meine Patentante sehr.

»Ich komme sehr gerne, Tante, aber ich muss so fair sein und erst Raven fragen, ob er mich ein paar Tage entbehren kann. Ich wäre in dem Fall nicht für ihn greifbar.«

»Aber Caralina das muss doch ... Es ist Weihnachten.«»

Das stimmt aber mein Job geht weit darüber hinaus und das ist nun mal so. Versprochen ich frage ihn. Wenn er mir frei gibt, komme ich gerne. Wir reden noch ein paar Minuten, aber dann lege ich auf und gehe schlafen. Am Sonntag Morgen beschließe ich eine Runde Joggen zu gehen. Es ist kalt geworden über Nacht und die frische Luft ist herrlich. Meine Lungen freuen sich über den Sauerstoff. Als ich in den nahe gelegenen Park einbiege, sehe ich einige andere Sportler, die die gleiche Idee hatten wie ich, den Morgen sportlich zu beginnen. Langsam laufe ich weiter, einmal um den ganzen Park herum, und als ich wieder am Ausgangspunkt angekommen bin, beschließe ich, noch eine Runde dranzuhängen. Die Sonne ist herausgekommen und es ist ein Morgen wie aus dem Bilderbuch.

»Respekt.« Werde ich plötzlich von hinten angesprochen und gleich darauf hat Raven mich eingeholt und läuft neben mir her.

»Guten Morgen.« Überrascht ihn zu treffen, weiß ich im ersten Moment nicht, was ich sagen soll.

»Es ist so schön hier. Da habe ich beschlossen, noch eine Runde zu drehen.« Schweigend laufen wir nebeneinander her. Raven hat mein Tempo übernommen und macht keine Anstalten, mich zu verlassen. Schweigend laufen wir die Runde und als wir wieder am Start sind, bleibe ich stehen.

»Ich … ich habe jetzt genug.« Er grinst mich an.

»Ich drehe noch eine Runde. Schönen Sonntag dir.«

»Mr. Barker …«

»Caralina, es ist Sonntag, wir sind nicht in der Firma und auch sonst ist Raven vollkommen in Ordnung. Ich nenne dich ja auch beim Vornamen.« Ich schlucke, denn in der Firma ist es mir wirklich lieber …

»Raven, kann ich dich was fragen?«

»Klar.«

»Aber es ist …«

»Jetzt komm schon.«

»Ich bin eingeladen, die Feiertage bei Verwandten zu verbringen. Wäre es möglich, dass ich für ein paar Tage wegfliege? Kein Problem, wenn du mich brauchst, dann bleibe ich in New York.« Er winkt ab.

»Natürlich. Buche den Flug. Ich muss, bis Montag.« Er geht weiter und ich laufe in meine Wohnung, stelle mich unter die Dusche und versuche, das Kribbeln in den Griff zu bekommen, das meine Haut erfasst, wenn ich an ihn denke. Doch dann wird mir bewusst, wie gut er aussieht, wie gut er trotz seines Schweißes riecht und … ich träume. Ich gebe es zu. Eine Woche vor Weihnachten aber könnte ich ihn in der Luft zerreißen. Ich bin sicher, er kann nichts dafür, aber ich war nicht darauf vorbereitet, diese besondere Lady hier im Büro anzutreffen, und im Moment weiß ich nicht, wie ich mit ihr umgehen soll. SIE kommt den Flur entlang. Ravens rothaarige Schönheit, die ich hasse, ohne sie persönlich zu kennen. Sie ist perfekt gekleidet und geschminkt. Aber sie hat ein falsches Lächeln auf den Lippen, das ich in Sekunden durchschaue.

»Guten Morgen, ich möchte Mr. Baker sprechen, wenn Sie mich anmelden würden.«

»Mr. Barker ist in einer Besprechung und darf nicht gestört werden.«

»Sagt wer?« Sie mustert mich.

»Caralina.«

»Ich bin seine Freundin und mich will er auf jeden Fall

sehen.« Mir wird bewusst, wie ich in diesem Moment aussehe. Ganz der Bürodrachen, den sie erwartet. Ich hoffe wirklich, dass sie es nicht ist, seine Freundin und ich keinen Fehler mache. Aber wenn ... dann kann ich auf die Liste verweisen und genau die nehme ich zur Hand. »Mrs...«

»Wright.«

»Mrs. Wright, sehen Sie sich diese Liste an. Sechs Namen stehen darauf. Diese sechs Namen sind es, die es mir erlauben, Mr. Barker in einer Besprechung zu stören. Sie stehen nicht darauf. Da ich meine Arbeit sehr liebe und sie gut mache werde ich mich daran halten.«

»Es gibt Ausnahmen. Er hat vergessen, mich darauf schreiben zu lassen.«

»In diesem Fall wird er es nachholen, und beim nächsten Mal nehme ich meinen Hörer in die Hand und melde Sie an. Aber nicht heute.« Während ich mit ihr spreche, habe ich Raven längst eine E-Mail geschickt. Er hat sie noch nicht gelesen.

»Wenn Sie bitte warten würden. Darf ich Ihnen einen Kaffee anbieten? Oder etwas anderes zu trinken?« Sie starrt mich an. Doch als sie merkt, dass an mir kein Vorbeikommen ist, gibt sie resigniert auf und stolziert zu einem der Stühle. Ich meine noch zu hören das sie sagt: »Diese unmögliche Frau wird die längste Zeit seine Sekretärin gewesen sein.« Ich ignoriere es, denn das hat sie nicht zu entscheiden. Raven hat die Mail längst gelesen und ich weiß, dass er kein Meeting hat. Auch kein Telefonat. Er beendet seine Arbeit und etwa vierzig Minuten später klingelt mein

Telefon und er bittet mich, sie ihm zu schicken. Was ich unvermittelt erledige. Noch während sie die Tür hinter sich schließt, beschwert sie sich bei Raven über mich. Das ist mir egal. Weil er sie nicht früher zu sich gerufen hat. Keine fünfzehn Minuten später verlassen beide das Büro:

»Wir gehen essen Caralina. Wenn was Wichtiges ist, ruf mich an.« Ich nicke nur und schaue ihr nach, wie sie ihn anhimmelt, sich bei ihm einhängt und sich fast mitschleppen lässt. Für einen Moment bin ich unaufmerksam, denn Saint spricht mich an.

»Wer zum Teufel ist das?«

»Seine Flamme. Oder seine gekaufte Flamme oder …« Als Saint lacht, fällt mir ein, dass ich laut gesprochen habe.

»Sorry Saint, das steht mir nicht zu.«

»Keine Sorge, Caralina, ich petze nicht. Rothaarige sollen im Bett …« Er sieht mich entschuldigend an.

»… feurig sein. Vielleicht ist es das, was ihm an ihr gefällt.«

»Möglich. Kann ich etwas für dich tun?«

»Ja, ich habe es versäumt, einen Termin für Raven einzutragen. Nelly ist gerade nicht am Platz und bevor ich es wieder vergesse, wollte ich es dir gleich auf dem kurzen Dienstweg mitteilen. Und ich war neugierig.« Wieder lächelt er und ich schmunzle ebenfalls.

»Werdet Ihr über die Feiertage verreisen?«

»Ich würde ja gerne, aber wie dir in der Zwischenzeit ja bekannt ist, ist meine Frau ein absoluter Weihnachtsjunkey. Aber über Silvester werden wir auf St. Barth sein. Ich brauche ein paar Tage Sonne und Wärme. Muss etwas auftanken.«

»Das hört sich hervorragend an.«

»Und du?«

»Ich werde zu Verwandten nach Vancouver fliegen.«

»Auch das hört sich sehr gut an. Genieße die Zeit. Bis dann, Caralina und…«

»Ja?«

»Du tust ihm gut. Auch wenn er es noch nicht begriffen hat. Aber du tust ihm gut. Lass dir von so einer Rothaarigen nicht die Laune verderben. Irgendwann wird er es kapieren.« Mit diesen Worten geht er und lässt mich zurück. Mit diesen Worten! Mit diesem Satz! Was hat er damit gemeint?

Weihnachten ist vorbei. Und das neue Jahr beginnt. Weihnachten habe ich in Vancouver verbracht. Silvester in meinem Apartment in New York. Das Jahr begrüße ich allein mit einer Dose Champagner. Bin gespannt, was mich im neuen Jahr erwartet. Raven ist, wie ich von Nelly erfahren habe, mit Saint und Holly nach St. Barth geflogen. Ob Mrs. Wright ihn begleitet, weiß ich nicht. Ich habe sie jedenfalls nicht gebucht. Es sollte mich nichts angehen interessiert mich trotzdem und da ist ein mieses ungewöhnliches Ziehen in meinem Herzen dass da nicht hingehört. Das sollte nicht da sein, überhaupt nicht. Als Raven nach Silvester wieder im Büro ist, geht es weiter wie zuvor. Schlag auf Schlag. Was sich ändert, ist, dass Saint sich noch mehr in die Holding einbringt. Er und Raven bilden jetzt eine Doppelspitze. Saint hat seine Firma zum Ersten in die

Holding eingegliedert und dadurch ergeben sich zu Beginn viele Fragen und das ein oder andere Problem. Einige Mitarbeiter von Saint wissen nicht so richtig, wo sie in der Holding platziert sind, obwohl sie im Prinzip ja nur weiterhin ihre Arbeit zu tun haben. Anders, seine bisherige rechte Hand, wird neuer Geschäftsführer für diesen Bereich und als er von dieser Beförderung erfährt, ist er erst einmal sprachlos. Er und Nelly haben diese kleinen Rumpler die sich durch den Zusammenschluss ergeben aber zügig im Griff und bald läuft es richtig gut. Raven hingegen hat Probleme mit einem ehemaligen Kollegen. Das war so nicht geplant. Aber es wird ein immer größeres Problem. Es fordert ihn heraus. Denn dieser Kerl hat mitunter Firmengeheimnisse ausgeplaudert, was überhaupt nicht geht. Hat ihm damit in einige Geschäfte hineingepfuscht. Er verbringt in diesen ersten Wochen des Jahres viele Stunden mit den Anwälten der Firma. Die Holding hat eine der führenden Anwaltskanzleien der Stadt engagiert, und zu meiner bösen Überraschung ist bei einer Besprechung nicht nur Mr. Steel, der Ansprechpartner der Kanzlei und Anwalt der Holding, im Besprechungsraum, sondern auch seine Kollegin Mrs. Wright, das rothaarige Kätzchen. Ich könnte kotzen. Sie lächelt mich an, frech oder anzüglich oder herausfordernd. Ich sage einfach nichts. Und ja … ich habe sie nicht mehr gebucht, fällt mir ein, seit dem Tag, an dem sie in meinem Büro aufgetaucht ist. Überhaupt keine Escort-Lady mehr. Wahrscheinlich hat sie den Job aufgegeben. Hat ihr Studium beendet und ist in dieser guten

Kanzlei untergekommen. Ob ihr Chef weiß, wie sie ihr Studium finanziert hat? Ich nehme es ihr nicht übel, denn jeder muss sehen, wie er über die Runden kommt. Aber dass sie auf mich herabschaut, das nehme ich ihr übel, und das tut sie. Sie hält sich für was Besseres, nur weil sie im Besprechungsraum sitzt und ich vor der Tür, oder anders gesagt, sie schläft im Bett meines Bosses und ich nicht. Ich kann durch die Glasscheiben in den Meetingraum sehen, auch wenn ich nichts verstehe. Raven ist gestresst und die anderen merken es nicht, ich schon. Und ich würde sagen, er hat schlimme Kopfschmerzen. Es ist anmaßend, was ich vorhabe, aber ... ich erlaube es mir. Trete mit Kaffee in den Besprechungsraum. Raven schaut mich an. Er wundert sich, dass ich unangemeldet den Raum betrete, sagt aber nichts. Ich beuge mich zu ihm hinunter und flüstere ihm zu.

»Haben Sie einen Moment Zeit?« Er schaut mich fragend an. Ohne zu zögern verlasse ich den Besprechnungsraum. Wenige Minuten später geht die Tür wieder auf. Ich habe bereits ein Glas Wasser und eine Tablette vorbereitet. Beides stelle ich ihm wortlos hin. Wenn er überrascht ist, zeigt er es mir nicht. Wenn er wütend ist, wird er es mir später sagen. Aber ich sehe, wie er die Tablette aus der Blisterpackung drückt und das Glas Wasser austrinkt. Er dreht sich um und verschwindet wieder im Besprechungsraum. Ich arbeite weiter. Das Meeting dauert bis in den späten Nachmittag. Als sich endlich die Türen öffnen, weiß ich, dass heute noch viel Arbeit auf mich wartet. Doch als ich Raven ansehe, bin ich mir nicht so sicher. Die

Rothaarige geht zum Glück mit ihrem Chef zum Aufzug. Aber Raven sieht ... schlecht aus. Er geht wortlos an mir vorbei. Irgendwie bin ich mir sicher, dass er mich in den nächsten Minuten nicht sehen will. Ich bleibe sitzen und warte auf seinen Anruf, der etwa zehn Minuten später kommt:

»Caralina, kommst du bitte?« Er steht am Fenster. Nicht gut. Entlässt er mich jetzt? War ich zu aufdringlich?

»Danke. Hat leider nichts gebracht. Ich mache für heute Schluss, kannst du morgen eine Stunde früher kommen, damit wir die Zeit aufholen?«

»Selbstverständlich.« Mit diesen Worten verschwinde ich. Schalte auch den Computer aus und mache mich auf den Weg zum Lift. Als dieser sich öffnet. Werde ich, gebe ich zu, unangenehm überrascht denn SIE steht darin und will an mir vorbeigehen.

»Wollen Sie zu Mr. Barker?«

»Ja, er erwartet mich.« Ich überlege. Kann das sein? Sie geht an mir vorbei und ich weiß nicht, wie ich reagieren soll. Die Frau ist einige Jahre älter als ich und ihr Auftreten ist sehr selbstischer. Das kann ich auch, aber sie schläft mit meinem Boss. Das ist mal sicher, nur ob sie das auch auf privater Ebene tun oder nur geschäftlich, kann ich einfach nicht sagen. Ich nehme mein Handy und tippe eine Nachricht für Raven und schicke sie ab: »Raven, Mrs. Wright war gerade im Aufzug, Sie sagt, du wartest auf Sie. Ich wollte dir nur sagen, dass Sie in ein paar Sekunden bei dir sein wird. Schönen Abend noch. Caralina.« Mehr kann ich nicht tun, denn sie wird in diesen Sekunden sein Büro betreten, und ich will mir gar nicht vorstellen, was sie dort tun werden. Dort auch danach. Da ist wieder dieser bohrende Schmerz in meinem Herzen. Den ich immer öfter versuche zu verdrängen.

RAVEN

Was für ein beschissener Tag. Nie im Leben hätte ich gedacht, dass mir dieser verdammte Norman solche Schwierigkeiten bereiten würde. Diese kleine Ratte hatte von Anfang an nur ein Ziel, die Firma und vor allem mich auszuspionieren und mir eins auszuwischen. Es ärgert mich, dass ich ihm auf den Leim gegangen bin. Aber noch mehr, dass er mir dieses wirklich sensationelle Geschäft vor der Nase wegschnappen will. Zwei Jahre lang habe ich an der Übernahme des Unternehmens gearbeitet, das ich im Visier hatte. Ein Start-up-Unternehmen, das ein Produkt entwickelt, das mir gefällt. Ich habe es von Anfang auf dem Schirm und bin als stiller Teilhaber eingestiegen. Habe es beobachtet. Ihre Entwicklung genau verfolgt. Und Norman war der Mann, der das für mich tun sollte. Das hat er auch getan, nur jetzt, wo sich das Unternehmen zum absolut Positiven entwickelt, wo sie kurz vor dem großen Durchbruch stehen, hat er mich in einer anderen Sache herausgefordert. Er hat wirklich Mist gebaut, so großen Mist, dass ich ihn entlassen musste. Und das hat er nicht nur zum Anlass genommen, mir jetzt seinerseits eins auszuwischen, sondern wie sich immer mehr herausstellt, war das von ihm so geplant. Die Firma für die er nun arbeitet, die hat dem Start-up Unternehmen ein Angebot unterbreitet, dass exakt dem gleicht, welches ich ihnen gemacht habe, nur mit einem anderen Betrag. Und ich weiß nicht, wie hoch dieser ist. Norman, der die Firma analysiert hat, war so nett und hat alle Unterlagen vernichtet und die Akten gelöscht, als er gegangen ist. Dass er mich so betrügen würde, hätte ich ihm nicht zugetraut, das gebe ich zu. Ich bin noch nie so über den Tisch gezogen worden. Zumal es ihn einen Scheißdreck interessiert, dass er eine Geheimhaltungserklärung unterschrieben hat und von mir verklagt wird. Das Geschäft kann trotzdem den Bach runtergehen und das ärgert mich. Ich habe diese Firma entdeckt, ich habe sie unterstützt und jetzt will ein anderer die Früchte ernten. Da bin ich absolut dagegen. Wir wären das Gespött der Branche. Sich so über den Tisch ziehen zu lassen. Deshalb die vielen Termine beim Anwalt. Dazu kommt, dass Alina jetzt für diese Kanzlei arbeitet. Alles ist Mist und verursacht Kopfschmerzen. Mehr als sonst. Die habe ich leider immer mal wieder, vor allem wenn ich Stress habe. Aber heute waren sie richtig eklig und Caralina hat es gemerkt. Sie ist ein Goldstück. Als ich sie eingestellt habe, hatte ich einen tierisch guten Tag. Ich habe sehr wohl gesehen, dass sie Angst hatte, dass ich ihre Übergriffigkeit anmahnen würde. Aber warum sollte ich das tun? Ich habe auch gesehen, wie sie Alina ansieht. Sie mag sie nicht. Es geht sie nichts an. Sie sagt auch nichts, aber ihre Blicke sind entsprechend. Auch wenn sie versucht, sich nichts anmerken zu lassen, habe ich es längst bemerkt. Ich stehe immer noch am Fenster. Ich sollte in meine Wohnung gehen und mich hinlegen, aber ich kann mich einfach nicht losreißen. Ich weiß nicht warum. Ich denke daran, wie ich Caralina vor Weihnachten beim Joggen getroffen habe. Es hat Spaß gemacht, sie auch mal privat zu erleben und sie ist sportlich. Gut, ihre Figur lässt nichts anderes vermuten. Sie ist kein Hungerhaken und trotzdem hat sie wirklich einen Körper, der jedem Mann, der normal im Kopf ist, auffällt. Außerdem hat sie einen exzellenten Kleidergeschmack. Nicht nur einmal ist mir in den letzten Monaten die Spucke weggeblieben, wenn sie morgens das Büro betrat. Sie ist sich ihrer Ausstrahlung bewusst, aber sie flirtet nicht, das ist interessant. Bei unserem ersten Gespräch hat sie mir gesagt, dass sie sich auf die Arbeit konzentrieren will, und ich glaube, das tut sie auch. Die Ferien hat sie in Vancouver verbracht. Mit ihrer Familie. Ich wiederum habe die Weihnachtsparty über mich ergehen lassen. Sie war gut, gebe ich zu, nicht einmal schlecht. Besser als viele andere in den Jahren zuvor. Saint war mit Holly da und Joshua mit Charlotta. Ich war zwar wie immer ohne Begleitung dort, aber seit ich mit Saint zusammenarbeite und ihn inzwischen richtig gut kenne, verstehen wir uns sehr gut. Aus dem wankelmütigen Sunnyboy ist ein in sich ruhender Mann geworden, der sicher noch seine Dämonen in sich trägt und bekämpfen muss, aber mit Holly an seiner Seite wird er das schon schaffen oder schafft es immer besser. Das sieht man ihm auch an. Ganz ehrlich, ich bin neidisch auf ihn. Holly ist ein Goldstück. Es war ein Glückstag, dass er sie gefunden hat, dass er sie quasi überfahren hat. Sie tat sich zu Beginn schwer in der Gesellschaft ihren Platz einzunehmen, aber mit Charlotta an ihrer Seite hat das recht schnell geklappt, zumal sie keinen Grund hat, sich nur gegenüber auch nur einer Person zu ducken oder minderwertig zu fühlen. Denn das hat sie nicht nötig. Und auch wenn anfangs einige Damen meinten, sie entsprechend behandeln zu müssen, haben Saint und auch Holly selbst ihnen klar gemacht, dass sie das nicht noch einmal tun sollen. Tante Agatha hat letztlich den Ausschlag gegeben, denn sie hat Holly nicht nur einmal zu sich eingeladen und das hat sich herumgesprochen. Niemand traut sich mehr, ein schlechtes Wort über sie zu verlieren. Ich muss lächeln, wenn ich an Holly denke. Und es zieht in meinem Bauch oder ist es eher mein Herz? Ich habe mich an Weihnachten wirklich nicht nur einmal gefragt, ob ich das jemals haben werde. Aber … für mich wird es so jemanden nicht geben, weil ich nicht an die Liebe glaube. Ich weiß, dass es die wahre Liebe nicht gibt, und ich will eines nicht, und das ist verletzt werden und schon gar nicht verarscht werden. Deshalb lasse ich mich nicht darauf ein. Ich kaufe sie mir. Liebe ist für mich ein Geschäft. Nach … nach dieser Erfahrung, die ich gemacht habe, habe ich beschlossen, nie wieder eine Frau so nah an mich heranzulassen. Keine Gefühle zuzulassen. Für einen Moment schweifen meine Gedanken zu Caralina. Wenn diese Frau eines ist, dann nicht berechnend, da bin ich mir irgendwie sicher. Ganz anders Alina. Sie ist genau das, berechnend. Bei ihr weiß ich es. Sie hat den einen Plan. Meine Frau zu werden. Ich kann sie einschätzen. Mit ihr weiß ich, woran ich bin. *Aber will ich das für immer?* Seit Alina nicht mehr im Escortservice arbeitet, wollte ich sie nicht mehr in mein Leben, in mein Bett einladen, aber sie ist hartnäckig. Und das gefällt mir nicht. Doch ich habe keine andere mehr gebucht, und das ist irgendwie meine Schuld. Ich werde müde. Und dann wieder ... warum bitte buche ich keine Frau mehr? Liegt es wirklich an Alina, an ihren Vorzügen? Nein ... oder? Dass sie so schlau war, herauszufinden, mit welcher Kanzlei ich arbeite und sich dort zu bewerben, das hat mich, gebe ich zu, sprachlos gemacht. Und gefällt mir nicht. Überhaupt nicht. Erinnert mich an Norman, der sich auf diese miese Art und Weise in meine Firma eingeschlichen hat und mir jetzt hinterrücks das Messer in den Rücken gestoßen hat. Aber Alina, die macht das anders, und das ist meine Schuld. Ich habe sie viel zu oft gebucht. Aber die Frau ist eine Wucht im Bett. Das muss ich ihr lassen. Doch so wie es jetzt ist gefällt es mir nicht. Das Dumme ist nur, dass ich im Moment keine Ahnung habe, wie ich aus der Sache rauskomme. Ich könnte die Kanzlei wechseln, aber das will ich nicht und da haben Saint und auch meine Onkel noch ein

Wörtchen mitzureden. Ich könnte Alina bei ihrem Vorgesetzten anschwärzen, dass sie jahrelang als Escort gearbeitet hat. Aber das wissen die Herren sicher. Zum einen ist sie sicher durchleuchtet worden und zum anderen hat der eine oder andere ihren Service sicher auch in Anspruch genommen. Vielleicht sogar gebucht. Ich mag es trotzdem nicht, wenn sie mir in Sitzungen gegenübersitzt. Sie wird so persönlich und auch wie sie mit mir spricht. Saint ist auch nicht begeistert. Ich fahre mir wieder mit den Händen übers Gesicht. Diese verdammten Kopfschmerzen. Gleichzeitig ist da wieder Carolinas besorgtes Gesicht vor mir. Sie war auch übergriffig aber dann doch wieder nicht. Sie ist anders und vor allem noch verdammt jung. Mein Handy klingelt. Eine Nachricht von Caralina, wie ich am Klingelton erkenne. Ich nehme mein Handy aus der Tasche und lese die kurze Nachricht. Ich schließe die Augen. Sie kann nichts dafür und ehrlich gesagt bin ich froh, dass sie mich gewarnt hat. Kaum habe ich das Handy wieder eingesteckt, klopft es. Die Tür öffnet sich, ohne dass ich sie hereingebeten habe. Alina lächelt mich an. Zieht ihre Schuhe aus. Leckt ihre Lippen. Ich reagiere unwillkürlich. Mein Körper ist ein Verräter. Sie ist einfach gut. Man könnte auch sagen, sie ist ein Profi. Was sie auch ist. Auch wenn sie mir, seit sie die Prüfung bestanden und einen Job in der Kanzlei bekommen hat, viel zu nahe kommt. Sie will mehr, und das treibt sie mit einer gewissen Hingabe an. Leider. Caralina hasst sie.

»Alina, ich habe wirklich keine Zeit«,

»Ach, Schatz, jetzt entspann dich mal. Dein Vorzimmerdrache ist schon nach Hause gegangen. Das heißt doch, dass du auch vorhast, für heute Schluss zu machen. Oder hast du etwa eine Verabredung mit einer anderen Frau?« Sie schmollt, greift mir frech zwischen die Beine und grinst, als sie eine Reaktion meines verräterischen Körpers spürt.

»Lass uns essen gehen und danach sorge ich dafür, dass du gut schlafen kannst.« Sie ist direkt und innerlich stöhne ich auf. Nicht vor Lust. Im Gegenteil, aber ich sehe meinen gemütlichen Abend im Bett schwinden, auch meine Kopfschmerzen werde ich noch etwas länger ertragen müssen. Unterwürfig nicke ich und gehe mit ihr in ein Restaurant zum Essen. Ich kann nicht sagen, dass Alina dumm ist oder keinen Smalltalk beherrscht, aber sie ist einfach... anstrengend. Nervig, und sie ist nicht die Frau, die ich an meiner Seite haben möchte. Nicht mehr lange. Als wir das Restaurant verlassen, höre ich das Klicken einer Kamera. Na toll. Ich kenne den Paparazzi, er schreibt für eines dieser Klatschblätter, und wenn er mich mit Alina an der Seite sieht, dann ist das wie ein Sechser im Lotto. Denn es gibt keine Fotos von mir mit einer Frau. Das wird eine große Schlagzeile. Ob Alina das geplant hat? Wenn ich es mir recht überlege, hat sie das Restaurant vorgeschlagen. Verdammt, ich werde nachlässig. Das ist mir noch nie passiert. Erst Norman, jetzt sie. Das macht mich wütend, noch lasse ich mir nichts anmerken. Aber das wird Folgen haben. Vor allem für mich. Ich atme tief durch, winke ein Taxi zum Anhalten. Alina schaut mich fragend an.

»Ich bin müde.« Wende mich an den Fahrer. Richte ihm Alinas Adresse aus und stecke ihm das Geld zu.

»Gute Nacht Alina.« Das Taxi fährt los und sie schaut mich ziemlich verärgert durch die Heckscheibe an. Mir egal, sie soll spüren, dass ich ihren Trick durchschaut habe. In Sekundenschnelle ist der Paparazzi an meiner Seite.

»Mr. Barker, ist Mrs. Wright die Frau Ihres Herzens?«

»Sie ist meine Anwältin. Das ist alles. Wenn ich in Ihrem Klatschblatt etwas anderes lese oder ein Foto von mir darin auftaucht, werden genau diese Anwälte Ihnen eine Unterlassungsklage schicken. Schönen Abend noch.« Ich gehe zum nächsten Taxi, steige ein und lasse mich nach Hause fahren. Dort gehe ich ins Bett. Ohne zu duschen. Ich bin einfach nur platt. Mein Kopf brummt. Ich sollte mich unbedingt von Joshua durchchecken lassen. Weiß ich. Mein Handy klingelt. Ich vermute, es ist Alina. Aber ich habe nicht den Nerv, mit ihr zu reden oder zu streiten. Irgendwann muss ich eingeschlafen sein. Und ich wache zu spät auf. Ich habe Caralina extra früher ins Büro bestellt und selbst verschlafe ich. Gut, ich bin ihr Boss, das kann ich mir erlauben. Aber trotzdem, ich gebe es zu, stört es mich. Als ich das Büro betrete, sitzt sie wie vermutet am PC und arbeitet. Sie schaut auf und wenn sie sauer auf mich ist, zeigt sie es nicht. Ich nicke nur. Keine Entschuldigung. Das würde sie auch nicht erwarten, und es steht ihr auch nicht zu. Wie jeden Morgen, seit sie für mich arbeitet, betritt sie genau fünf Minuten nach mir mein Büro, in der Hand eine

Tasse Kaffee und eine Mappe mit Dokumenten, die ich unterschreiben soll.

»Danke.« Ich weiß nicht, warum ich die nächsten Worte sage. Ich weiß es wirklich nicht.

»Ich habe verschlafen.« Ihre Antwort, da bin ich mir sicher, kommt spontan und ungewollt aus ihrem Mund.

»Tja, Rothaarige sollen ja feurig sein.« Sie erstarrt.

»Entschuldigung, das ...« Sie dreht sich um und flüchtet quasi nach draußen. Was war das jetzt? Ich kann mir ein Schmunzeln nicht verkneifen. Meine Caralina ist doch nicht so unnahbar, wie sie gerne gesehen werden möchte. Es klopft, Saint betritt den Raum, noch bevor ich

»Guten Morgen« gesagt habe.

»Wie läuft es, seid Ihr weitergekommen?« Und mit diesen Worten holt mich die Realität wieder ein.

»Dir auch einen Guten Morgen.« Ich muss zugeben, Norman hat das alles sehr clever gemacht. Es ärgert mich ungemein und mittlerweile geht es nicht mehr nur um diese Firma, es geht darum, das Gesicht nicht zu verlieren und das werde ich nicht, wenn es nach mir geht. Ich werde alles tun, um das wieder gerade zu rücken. Aber es wird viel Arbeit sein.

»Ich mische mich nur ungern ein, und es steht mir auch nicht wirklich zu, aber ...«

»Spuck es aus.«

»Mrs. Wright, muss das sein?«

»Nein. Auch etwas, das ...« Ich sehe ihn an.

»Ehrlich gesagt ... ich habe immer versucht, genau

solche Situationen zu vermeiden, indem ich mir Frauen gekauft habe. Tut mir leid, wenn das hart klingt. Aber ich suche aus, bestelle, bekomme was ich will, bezahle und das war's. Ohne Gefühle, aber mit Spaß. Damit bin ich sehr gut gefahren. Das mit Alina war ein Fehler. Ich hätte sie nie öfter buchen sollen. Nach ihrem Jurastudium hat sie ihre »Connections« ausgenutzt. Was mir nicht gefällt. Mir gefällt vor allem nicht, wie sie sich an mich klammert, aber ich habe noch keine Idee, wie ich sie davon abhalten kann. Mein Körper reagiert auf sie. Und das kann sie sehr gut ausnutzen. Sie ist eine Hexe.«

»Du solltest dein Herz öffnen und dich endlich verlieben. Aber bitte nicht in sie. Und ja, das sage ICH zu dir, der lange Zeit auch damit auf Konfrontationskurs war. Aber Raven, eines weiß ich mit absoluter Sicherheit. Alina wird dein Herz nicht berühren.«

»Was ist, wenn ich gar nicht vorhabe, dass eine Frau das jemals tun darf?«

»Dann machst du einen Fehler. Also kriegen wir das mit Norman hin?«

»Ja. Wenn du mich nicht von der Arbeit abhalten und mir seltsame Ratschläge geben würdest, ganz bestimmt. Bist du nur deswegen gekommen?« Er grinst.

»Nein, natürlich nicht. Holly gibt am Samstagnachmittag eine kleine Party. Teatime, wie es gerade in ist, und sie hat mich gebeten, dafür zu sorgen, dass du dabei bist. Keine Ausreden.« Ich lächle leise, denn Holly, sie hat einfach diese Wirkung auf mich.

»Danke. Ich komme natürlich.«

»Bitte, wenn möglich, ohne Alina.« Ohne eine Antwort abzuwarten, geht er. Ich erlaube mir noch ein paar Minuten, dann rufe ich Caralina herein und wir arbeiten die nächsten zwei Stunden Seite an Seite, bis uns beiden die Köpfe rauchen. Danach habe ich aber das Gefühl, dass wir alles so geregelt haben, dass Norman, was auch immer er noch in der Hinterhand haben mag, wir im Griff haben.

»Caralina, schickst du die Briefe heute noch raus?«

»Klar.«

Die Tage vergehen wie im Flug und am Samstag ist Hollys Party. Zu der ich alleine gehe. Ich habe Saint noch gefragt, wer alles da sein wird, aber er hat nur gesagt.

»Querbeet. Es ist nichts Offizielles. Es ist nur ein Treffen zwischen Freunden und Leuten, die Freunde werden könnten.« Eine ziemlich seltsame Aussage von ihm, aber mit Holly ist ein anderer Geist eingezogen. Doch als ich das Haus von Saint betrete, weiß ich, was er meinte. Die erste Person, die ich sehe, ist Caralina, die mit Nelly an einem Stehtisch steht und sich mit Charlotta unterhält. Caralina sieht bezaubernd aus. Jack, ein Freund von Saint und auch von mir, ist da und noch ein paar andere bekannte Gesichter, mit denen wir schon viele lustige Abende und auch Nächte verbracht haben. Ich gehe auf sie zu und werde ebenfalls lachend begrüßt. Der Raum füllt sich immer mehr und ich muss zugeben, das Publikum ist wirklich bunt gemischt. Es entwickeln sich tolle Gespräche und wenig über das Geschäft. Nach etwa einer

Stunde unterhalte ich mich mit Charlotta. Sie bekommt noch ein Baby und freut sich riesig. Auf meine Frage, ob sie schon wissen, welches Geschlecht das Kind hat, schüttelt sie den Kopf und meint: »Joshua wird es wissen, wenn er kein schlechter Arzt ist, und das ist er nicht. Aber ich will es erst erfahren, wenn das Baby zur Welt kommt. Eigentlich.«

»Eigentlich.«

»Frag ihn und sieh ihm in die Augen. Ein Blinder weiß in dem Moment, dass wir uns auf einen kleinen Jungen freuen können. Aber Raven, ich will es gar nicht wissen.« Ich muss lachen. Sie redet weiter und sagt:

»Wenn ich in sein glückliches Gesicht schaue, weiß ich, dass es ein kleiner Junge wird. Er sagt zwar immer, dass es daran liegt, dass das Baby gesund ist, aber sind wir ehrlich. Der Hauptgrund ist. Dass dem Baby etwas zwischen den Beinen wächst.« Ich lache und höre ihr amüsiert zu. Charlotta ist ein Schatz.

»Weißt du, Raven, er liebt Mina Rose abgöttisch, aber er freut sich unglaublich auf einen Sohn. Ich glaube, das ist bei Männern einfach so. Oder?« Ich werde ein bisschen melancholisch. Meine Gedanken schweifen ab. Charlotta scheint zu spüren, dass in mir etwas vorgeht, von dem sie nichts weiß. Ich drehe mich zu ihr um, da sie eine Antwort erwartet und sage:

»Das kann schon sein, da ich noch nie in dieser Situation war, kann ich nicht viel dazu sagen.« Mein Herz schmerzt bei dieser Aussage, die wahr ist und doch wieder nicht. So oft habe ich darüber nachgedacht. Caralina kommt zu uns.

»Entschuldigt die Störung. Charlotta, ich wollte mich nur verabschieden.« Bevor ich etwas sagen kann, fragt Charlotta:

»Du willst gehen? Aber warum Caralina?« Sie sagt nichts, schaut mich nur an. Und ich verstehe auch nicht so recht, warum sie sich verabschieden will. Ihre nächsten Worte klingen ein wenig wie eine Ausrede. Zumindest kommen sie mir so vor.

»Ich habe noch einen Termin. Bis Montag, Raven.« Kaum hat sie ausgesprochen, steht Alina hinter mir. Alina? Was will die denn hier? Ich schaue sie irritiert an, als sie mir ihre Wange zum Küssen entgegenstreckt. Als ich damit fertig bin, ist Caralina verschwunden. Alina ist der wahre Grund, weshalb sie gegangen ist. Ich weiß nicht, warum ich mir dessen so sicher bin, aber … ich bin es.

»Hallo Raven, schön, dich auch hier zu treffen. Kennst du Lincoln Tydall? Er hat mich gefragt ob ich ihn begleiten möchte und ich habe mich sehr gefreut. Da ich nichts anderes zu tun hatte, habe ich natürlich zugesagt. Auch weil ich dachte, dass du hier bist. Warum hast du mich nicht gefragt? Ich hätte dich sehr gerne begleitet.« Ohne auf ihre Frage einzugehen, sage ich: »Natürlich hast du nicht nein gesagt, als du erfahren hast, zu wem es geht.« Sie lächelt. Charlotta meint.

»In dem Fall sollten Sie sich doch sicher auch um Ihre Begleitung kümmern? Lincoln sieht bereits zu ihnen.« Alina schaut Charlotta an, als wäre sie, die Gastgeberin, ein lästiges Insekt. Aber sie hat sich schnell wieder im Griff. Alles andere wäre auch eine Beleidigung.

»Ja Charlotta, da hast du wahrscheinlich recht.« O, Charlotta hat auch Krallen. Ihre nächsten Worte machen das deutlich. Ich versuche, mir meine Belustigung nicht anmerken zu lassen.

»Ich wüsste nicht, wann ich dir das angeboten hätte.« Mit diesen Worten wendet sich Charlotta ab und geht zu Holly. Redet mit ihr und beide schauen dann zu mir oder zu Alina. Willkommen ist sie jedenfalls nicht. Was haben die Frauen vor? Was passiert hier, was ich nicht verstehe? An Weihnachten war die Stimmung der beiden bereits seltsam. Sie haben Alina von der Feier ausgeschlossen. Auch da war sie nicht mit mir zusammen, sondern mit einem anderen Mann an ihrer Seite. Damals habe ich mich gefragt, ob sie vielleicht immer noch als Escortgirl arbeitet und der Typ sie dann ausgenutzt hat. Ich glaube, Holly und Charlotta haben das auch vermutet und haben sie, wie gesagt, links liegen lassen, so wie das Frauen aus der oberen Liga eben machen. Holly, die hat das sehr schnell gelernt. Nicht, weil sie abgehoben wäre. Ganz sicher nicht. Sie hat am Anfang extrem viel einstecken müssen, aber mittlerweile hat sie perfekt gelernt, wie man sich verhält. Vor allem, was sie sich gefallen lassen muss und was nicht. Und das ist nicht viel. Sie wehrt sich zu Recht, denn sie gehört jetzt zur Oberschicht, und selbst in dieser Schicht ist sie noch ganz oben. Tante und Onkel lieben sie. Sie haben sie sogar in die

Planung des Weihnachtsfestes einbezogen. Saint sagt, sie hätten ihr keine größere Freude machen können. Meine Freundin oder Frau wird auch einmal zur Oberschicht gehören. Alina, es sieht so aus, als ob sie diesen Job unbedingt haben will. Weil ich das weiß, kann ich gut damit leben. Ich schaue Saint an, der in diesem Moment Holly liebevoll küsst. Er wirft ihr diesen Blick zu, den ich schon einmal einer Frau zugeworfen habe. Aber genau dieser Blick hat mich fast zerstört. Mir das Herz gebrochen. Man ist schwach, wenn man eine Frau so ansieht, wenn man diese Schwäche zeigt. Ich gehe zum Fenster und schaue hinaus. Das Wetter ist nicht besonders gut, aber auch nicht schlecht. Frühling eben. Zeit, wieder in die Sonne zu fliegen. Etwas Wärme zu tanken. Meine Gedanken kehren zu Mildred zurück. Ich versuche, nicht zu oft an sie zu denken, aber heute kann ich es nicht unterdrücken. Wahrscheinlich liegt es an Charlottas Babybauch. Mildred war perfekt. Ich war unsterblich in sie verliebt. Hatte mit ihr die wunderbarste Weihnachtszeit, die es gibt. Wie oft habe ich sie unter dem Mistelzweig geküsst. Dieser Brauch, den ich in Europa gelernt habe. Jedes Mal, wenn wir durch eine Tür gingen, über der ein Mistelzweig hing, zog ich sie an mich und küsste sie stürmisch. Mit ihr hatte ich die schönste Weihnachtszeit aller Zeiten. Ich war verzaubert. So wie man an Weihnachten verzaubert wird. Sah nur Liebe in ihren Augen, sonst nichts. Sah die Liebe, die sie mir gab und die ich ihr gab. Ich erkannte nicht, dass es bei ihr nur eine falsche Fassade war. Ich war damals zu jung, viel zu jung, um das zu erkennen. Aber sie war schon damals eiskalt und berechnend. Ich bin mit ihr im Central Park Schlittschuh gelaufen, habe mit ihr den Zauber von Weihnachten erlebt. Ich habe einfach alles getan, um sie glücklich zu machen. Das ganze Jahr war eine Aneinanderreihung wunderschöner Tage und Erlebnisse, die in der Weihnachtszeit ihren Höhepunkt fanden. Und vor allem an Weihnachten in der Familie ihren krönenden Abschluss finden sollten. Ich habe ihr den schönsten Ring der Stadt gekauft, um ihn ihr an Weihnachten an den Finger zu stecken. Sie sollte meine Frau werden. Aber dazu ist es nie gekommen. Mein Vater hat mich davor bewahrt. Und dafür bin ich ihm dankbar. Auch wenn ich ihm lange übel genommen habe, dass er sich eingemischt hat. Aber ich habe alles durch diese rosarote Brille gesehen. Habe die Falschheit, das Kalkül von Mildred nicht erkannt. Bevor wir zur Weihnachtsfeier bei Saints Dad gingen, bat er mich in sein Büro, und er legte mir eine Akte vor. Seine Worte waren einfühlsam, nicht anklagend. Sie waren ehrlich, und doch wollte ich sie nicht hören.

»Mein Sohn, ich weiß, dass du glücklich bist. Das musst du mir glauben. Ich weiß, dass du liebst. Dass ich nicht das Recht habe, dir diese Liebe zu nehmen. Aber du bist mein Sohn, und ich habe bei deiner Geburt geschworen, dich vor allen Gefahren dieser Welt zu beschützen, so gut ich kann. Ich habe auch geschworen, dass ich mich nie in dein Leben als Erwachsener einmischen werde. Ich werde deine Freundin willkommen heißen. Aber ... ich muss mich einmischen. Ich musste es einfach tun. Aber ich überlasse es dir, ob du es wissen willst oder nicht. Deshalb werde ich nicht sagen, was ich sagen könnte, sondern es dir nur anbieten. Deine Mum weiß nichts davon und niemand sonst. Aber ich möchte dir die Chance geben, es zu lesen und deine eigene Entscheidung zu treffen. Wenn du ...« Er ist einfach weggegangen und ich habe diese Mappe lange angeschaut, habe sie nicht gelesen. Habe sie mitgenommen. Ich war den ganzen Abend unruhig. Sie lag im Auto. Ich habe sie ignoriert und wollte aus diesem Weihnachtsfest etwas Besonderes machen. Das kleine und doch so große Geschenk für Mildred wurde in meiner Jackentasche immer schwerer und kurz vor der Bescherung bin ich zum Auto gelaufen und habe darin gelesen. Meine Welt lag danach in Trümmern. Ich ging zurück in den Saal. Kaputt und im Herzen verletzt. Wütend und gleichzeitig ... Ich trat vor sie. Sie lachte, küsste mich, und erst nach einigen Sekunden merkte sie, dass etwas nicht stimmte. Sie hatte erwartet, dass ich ihr ein Geschenk überreiche. Sie sah mir aber irgendwann an, dass etwas nicht in Ordnung ist. Mein Onkel dämpfte das Licht. Der Weihnachtsbaum erstrahlte und es war ein zauberhafter Abend. Mildreds Kleid glitzerte, und ich weiß noch, dass sie ... Meine Gedanken kehren zu diesem Abend zurück.

»Hast du mein Kind abgetrieben, Mildred? Oder war es gar nicht mein Kind? Hast du ein Kind abgetrieben, nur um mich heiraten zu können? Mildred, hast du unser Kind umgebracht?« Es wurde mucksmäuschenstill und ich weiß noch, wie Mildred leichenblass wurde.

»War es mein Kind, Mildred, das vor einer Woche gestorben ist, oder war es das Kind eines anderen?« Ich fragte sie vor dem Weihnachtsbaum, vor der versammelten New Yorker Oberschicht. Sie wollte gehen, aber ich hielt sie zurück und fragte sie noch einmal:

»Hast du mein Kind abgetrieben? Mildred, ich möchte es wissen und wenn ja will ich erfahren weshalb.« Ihre Worte zerbrachen mein Herz in tausend Stücke.

»Ja, das habe ich und der Grund ist einfach. Du willst mich heiraten und ein Kind wird uns in den nächsten Jahren am Leben hindern. Raven, später ist noch genug Zeit für Kinder. Wir sind beide jung. Ich habe jetzt noch nicht die Absicht, meine Figur durch eine Schwangerschaft zu ruinieren. Ein Kind hätte alles zerstört.« Mit kristallklarer, harter Stimme sagte ich laut und deutlich:

»Nein Mildred, ein Kind wäre alles gewesen. Du hast alles kaputt gemacht. Verschwinde. Verschwinde aus dem Haus meines Onkels und aus meinem Leben und lass dich nie wieder bei mir blicken.« Mit diesen Worten bin ich einfach gegangen und habe nach ihr nie wieder einer Frau erlaubt, mein Herz zu berühren. Ich habe die schönsten Frauen gefickt, aber ich habe sie dafür bezahlt. Keine Gefühle. Sex war nur noch Geschäft. Ausschließlich. Bis jetzt. Bis Alina. Und sie… Ich muss sie loswerden. Sie ist keine Frau für mich. Das hat sie sich selbst kaputt gemacht. Indem sie sich für Sex verkauft hat. So jemand ist keine Frau für jemanden in meiner Position. Das sollte ihr klar sein, aber anscheinend nicht. Sie würde eine Ehe als Geschäft betrachten. Selbst wenn es so wäre, mit ihr als Geschäftspartner, würde ich mich nicht wohl fühlen. Auch wenn mein Körper bei ihrem Anblick immer anderer Meinung ist. Ich habe Charlotta ehrlich geantwortet, dass ich nicht weiß, wie es sich anfühlt, einen Sohn zu haben. Aber ich weiß, wie es sich anfühlt, sich immer wieder zu fragen, welches Geschlecht das Baby gehabt hätte, das nicht leben durfte. Ich frage mich oft, wie es wäre, ein Kind zu haben, meine Tochter oder mein Sohn wäre jetzt fast ein Teenager. Ich würde meinen Sohn lieben und meine Tochter vergöttern. Aber sie hatten nie die Chance zu leben. Ich habe nie wieder mit Mildred gesprochen. Sie hat vor ein paar Jahren einen alternden Schauspieler geheiratet. Sie sieht schrecklich aus. Unzählige Schönheitsoperationen haben aus ihr eine Frau gemacht, an der nichts mehr natürlich ist. Von ihrer natürlichen Schönheit, die ich immer so geliebt habe, ist nichts mehr übrig. Sie hat sich in ihrem Wahn verloren. Ich hasse sie. Sie hat unser Kind getötet, sie hat mir nicht einmal die Chance gegeben, mitzubestimmen. Vielleicht habe ich unbewusst meinen Hass auf sie übertragen, auf alle Frauen. Vielleicht. Ich denke wieder an Caralina, die gegangen ist.

»So nachdenklich, Cousin?«

»Mir ist heute nicht nach Feiern zumute. Ist es ein Problem, wenn ich gehe?« Saint schaut mich lange an.

»Hat das etwas mit einer gewissen Rothaarigen zu tun, die mit einem anderen Mann gekommen ist?«

»Du betonst anderen Mann. Wenn du denkst, dass ich deswegen eifersüchtig bin, irrst du dich.«

»Dann ist der Grund vielleicht, dass Caralina weg ist?« Ich schweige. Saint, er sieht zu viel.

»Ach Sie ist gegangen?« Saint zieht nur eine Augenbraue hoch, sagt aber nichts. Erst nach ein paar Sekunden sagt er: »Natürlich nicht.«

»Was?«

»Bin ich beleidigt, wenn du gehst. Raven?«

»Ja.«

»Nicht alle Frauen sind wie Mildred.« Ich sehe ihn an.

»Ach, hast du nicht neulich gesagt, dass du kein Beziehungsspezialist bist?«

»Das habe ich gesagt und das stimmt. Aber ich kann dir sagen, dass nicht alle Frauen wie Mildred sind. Schau dir Charlotta an oder Holly. Sie sind anders. Ich liebe Holly. Und Raven...«

»Hm.«

»Wir werden Eltern. Es macht mich sprachlos. Und ich habe Angst, es zu vermasseln, und wenn ich an Joshua denke ... ich habe Angst, es zu vermasseln. Wehe, du hilfst mir nicht, die ganzen Typen umzulegen, wenn sie kommen, um mein Mädchen zu verführen. Joshua hat mich das schwören lassen, und ich werde dich das auch schwören lassen.«

»Was meinst du?«

»Na, du wirst Pate. Ich brauche jemanden, der schießen kann und soweit ich weiß, bist du ausgebildeter Schütze.« Verdutzt schaue ich meinen Cousin an und als er grinst, kann ich nicht anders und muss auch lachen.

»Du ... du ... Herzlichen Glückwunsch ich freue mich für euch. Für dich.« Ich umarme ihn und schaue zu Holly, die mich anlächelt. Dann gehe ich zu ihr und umarme sie.

»Glückwunsch meine Liebe.«

»Danke Raven. Du solltest joggen gehen.« Mit diesem Wort wendet sie sich Saint zu. Ich frage mich, was sie damit meint, dann fällt es mir ein und ich kann nur den Kopf schütteln und lächeln. Aber ich fahre tatsächlich nach Hause, ziehe meine Joggingklamotten an und stelle mich an die Stelle, an der ich Caralina das letzte Mal getroffen habe. Ich sehe sie schon von weitem auf mich zukommen.

CARALINA

In Gedanken drehe ich meine Runde. Dieses rote Gift, das immer und überall sein muss. Irgendwie gehört sie mehr in diese Runde als ich. Dass Holly mich überhaupt eingeladen hat, hat mich sowieso gewundert, aber als Nelly mir sagt, dass sie auch kommt, ging es mir besser. Es waren zwei schöne Stunden, bis sie kam.

»Hallo Caralina.« Ich stolpere fast vor Überraschung. Ich schaue auf.

»Raven? Aber …«

»Bist du schon fertig oder machst du noch eine Runde?« Ohne zu antworten, gehe ich weiter und Raven folgt mir. Wie neulich, ohne viel zu reden. In trauter Zweisamkeit. Beide, glaube ich, grübeln wir darüber, warum wir hier nebeneinander laufen. Als die Runde zu Ende ist, beschließe ich, noch eine hinzuzufügen. Warum nicht? Ich bin fit genug und … auf halber Strecke bleibt Raven stehen und auch ich werde langsamer.

»Lust auf einen Kaffee? Hier in der Nähe gibt es den besten in New York.«

»Ich weiß. Du trinkst ihn jeden Morgen.«

»Du kaufst ihn bei Kilde? Wow, und ja, jetzt wo du es sagst … es stimmt. Er schmeckt viel besser als …« Ich schüttle den Kopf.

»Wusstest du, dass ich ihn mag?«

»Nein, aber ich mag ihn.« Das lässt mich grinsen.

»Dann darf ich dich auf einen Kaffee einladen, der uns beiden gut tun würde?«

RAVEN

»Gerne.« Überrascht, dass sie zusagt, mache ich mich auf den Weg. Es wird ein schöner Nachmittag. Und wir essen sogar zusammen. In verschwitzten Klamotten. Und trotzdem kommt keine Sekunde ein komisches Gefühl auf. Es ist so anders als mit den Damen, mit denen ich sonst zu tun habe, und damit meine ich nicht die, die ich buche. Das sind die Töchter der Upper Class, die nur eines im Kopf haben, nämlich einen Mann mit viel Geld von sich zu überzeugen. Es ist erfrischend anders, sich einfach mal unterhalten zu können, ohne ständig auf der Hut sein zu müssen, in irgendeine Falle zu tappen, etwas von sich preiszugeben, was später gegen einen verwendet werden kann. In welcher Form auch immer. Caralina ist anders, oder zumindest hoffe ich das. Da ist nichts berechnendes an ihr und doch, ich gebe es zu, ich habe keine Ahnung von ihr, von ihrer Vergangenheit, wo sie aufgewachsen ist. Gut, aber ich weiß nicht, warum sie nach New York gezogen ist, warum sie von zu Hause weggegangen ist. Vielleicht ist es wie bei Holly. Ich will sie auch nicht fragen, das ist mir wieder zu privat. Wenn ich es unbedingt wissen will, brauche ich nur eine Nummer zu wählen, und ein paar Stunden später habe ich die Informationen übersichtlich aufgelistet in meinem E-Mail-Postfach. Aber sie gibt mir keinen Grund, ihr in irgendeiner Weise zu misstrauen. Caralina ist jetzt seit über einem Jahr bei mir als Assistentin der Geschäftsleitung, und keine andere vor ihr hat es so lange ausgehalten. Das ist so, das kann ich nicht leugnen, und ich würde sie auch vermissen, wenn sie gehen würde. Sie ist meine Nelly geworden. Caralina ist wie sie und doch wieder anders und besser. Ich beneide Saint nicht mehr, denn jetzt habe ich auch jemanden gefunden, der perfekt zu mir passt. Ich halte kurz inne. Caralina hat etwas gesagt und an ihrer Haltung erkenne ich, dass ich besser hätte aufpassen sollen. Etwas wie ...

»Ich sollte jetzt gehen.« Und ...

»Danke für die schönen Stunden ...« und dann noch ...

»Bevor es richtig dunkel wird, möchte ich in meiner Wohnung sein«. Aber ich komme nicht dazu, sie zu fragen, denn eine schnurrende Stimme ist an meinem Ohr und der Duft eines bestimmten Parfüms in meiner Nase und auf meinen Lippen.

»Da bist du ja, Schatz, gurrt Sie mir mit einer, wie Sie meint, sexy Stimme zu. Die Party bei Saint, entschuldige, wenn ich das sage, Raven, war langweilig, aber was kann man schon von einer Frau erwarten, die nicht in unserer Gesellschaftsschicht aufgewachsen ist. Sie weiß einfach nicht, wie man…« Sie muss mir ansehen, dass sie besser nicht weiterredet. Caralina ist verstummt. Sie will aufstehen, aber ich halte sie an der Hand fest.

»Warte.« Ich sehe, wie Alinas Augen zu Schlitzen werden. Sie interpretiert wieder einmal viel zu viel in die Situation hinein. Dass sie Holly beleidigt hat, war nicht gut.

»Ich komme mit. Wie du gesagt hast, es wird schon dunkel und es ist meine Schuld, dass du noch nicht zu Hause bist.« Schnell winke ich dem Kellner, der mir die Rechnung bringt und meine Kreditkarte durch das Lesegerät zieht. Wieder habe ich diesen Blick von Alina vor Augen, die das Treiben vor sich beobachtet. Den Teil, das ich bezahle. Auch wenn Caralina versucht selber zu bezahlen, ich lasse es nicht zu, denn ich habe sie eingeladen. Sie gibt nach will keinen Ärger. Mit Carolina verlasse ich das Restaurant. Es ist tatsächlich dunkel.Ich bin ein bisschen überrascht. Es ist später geworden, als ich gedacht habe und ich werde Caralina nicht alleine nach Hause gehen lassen. Wenn, dann mit dem Taxi. Ich bin nicht ängstlich, aber eine gewisse Vorsicht ist bei Tag oder in diesem Fall bei Nacht doch angebracht. Als ich mich von Alina verabschiede, habe ich ihren Blick bemerkt. Ich rufe uns ein Taxi. Sie ist still. In sich gekehrt, aber sie sagt nichts. Wahrscheinlich habe ich eine Ausstrahlung, die ihr klar macht, dass sie besser tut, was ich sage. Als der Taxifahrer fragt: »Wohin?« Gibt sie ihre Adresse durch und wir fahren, ohne zu reden, die nicht allzu lange Strecke durch die Stadt. Als sie aussteigt und sich verabschiedet, fühle ich mich, das gebe ich zu, wie ein Verlierer. Zurück in meiner Wohnung stelle ich mich unter die Dusche und überlege mir, weshalb ich diese Gefühle in mir verspüre, was das soll. Was Caralina an sich hat. Sie flirtet nicht, sie gibt mir nie zu verstehen, dass sie mehr will. Das ist anders als alles, was ich bisher mit Frauen erlebt habe. Meine Gedanken sind wieder bei Alina. Ich muss sie loswerden. Was sie im Café gesagt hat, geht gar nicht. Abfällig über Holly zu reden, ist zu viel. Über die Frau, die eigentlich Stufen über ihr steht. Wenn man so will. Was sie selbst gerne tut. Den Sonntag verbringe ich im Büro. Ich habe einiges nachzuarbeiten und schicke Caralina gegen achtzehn Uhr ein paar Mails ins Postfach, damit sie morgen früh gleich mit der Arbeit beginnen kann. Dass mich am Montag gleich wieder eine Krise ereilt, damit habe ich nicht gerechnet, als ich den Laptop zuklappe. Aber es kommt so. Norman hat uns wieder ein Ei gelegt, und es knallt am Montagmorgen kurz vor dem Mittagessen. Saint stürmt ins Büro. Wütend. Nicht, weil ich einen Fehler gemacht habe, sondern wegen dem, was Norman wieder getan hat.

»Hast du das gelesen? Ich meine, was erlaubt sich dieser kleine Mistkäfer! Raven, wir müssen das in Ordnung bringen. Er untergräbt uns und noch mehr unseren Ruf. Er macht uns lächerlich.« Ich schaue auf das, was Saint in der Hand hält, und ja, es ist nicht gut:

»Er hat die Holding in dem Jahr, in dem er bei uns arbeitet, regelrecht ausspioniert und nutzt genau diese

Informationen dreist aus. Obwohl er eine Verschwiegenheitserklärung unterschrieben hat, die wasserdicht ist. Aber das interessiert ihn nicht. Er ist schon lange nicht mehr in den USA, sondern auf den Cayment Islands und lacht sich wahrscheinlich mit einem dicken Bankkonto voller Dollars und nicht nur einem Cocktail ins Fäustchen«. Ich nicke nur und rufe Caralina zu, die wenige Sekunden später durch die Tür kommt und meinen Cousin begrüßt.

»Hallo Saint.«

»Caralina, wir brauchen zwei Flüge nach Seattle. Bitte buche Sie und fahre nach Hause, um zu packen. Du musst mich begleiten. Ich brauche dich dort.«

»Ich kann dir gerne einen Flug buchen, aber ich kann dich nicht begleiten.« Ich schaue sie erstaunt an. Ich bin es nicht gewohnt, dass man sich meinen Befehlen widersetzt. Auch Caralina hat das noch nie getan.

»Wie bitte?«

»Ich kann nicht mitkommen. Du weißt doch, dass ich Urlaub angemeldet habe. Schon sehr lange übrigens.«

»Du musst ihn verschieben.«

»Das kann ich nicht.« Wenn Saint über diesen Schlagabtausch erstaunt ist, sagt er nichts. Aber ich bin nicht nur wegen der Misere, in der sich die Firma befindet, aufgeladen, sondern auch, weil ich es nicht gewohnt bin, dass Caralina sich weigert. Dass jemand sich mir auf diese Weise verweigert und mich ärgert.

»Das muss verschoben werden«,

»Sorry Raven, aber das geht nicht«. Ich bin extrem angespannt und wenn Catarina denkt, nur weil wir gestern Kaffee getrunken haben und uns nett unterhalten haben, dass sie sich das herausnehmen kann, dann hat sie sich geirrt.

»Ich habe gesagt, der Urlaub ist gestrichen Caralina. Ich brauche dich und du kommst mit.«

»Nein.«

»Dann weißt du ja, wo die Tür ist.« Sie sieht mich an, aber ich bleibe stur und sie … verdammt, was soll das, bin ich bescheuert? Saint blickt ungläubig von einem zum anderen. Jetzt nachgeben, das geht nicht.

»Du …« Ich meine noch zu hören, wie sie »Schade«, sagt. Doch dann dreht sich Caralina um und verschwindet. Ich stehe da und weiß nicht, was ich tun soll. Ich gebe es wirklich zu. Ich habe keine Ahnung.

»Bist du verrückt?« Sind die ersten Worte von Saint.

»Geh zu ihr und regle das.« Ich schüttle nur den Kopf. Drehe mich zum Fenster und überlege, wie ich die Sache mit Norman in Ordnung bringen kann. Aber immer wieder ist Caralina in meinen Gedanken. *Was ist so wichtig, dass sie lieber geht, als diesen Urlaub zu verschieben?* Die Tür fällt zu und Saint verschwindet. Ich warte noch ein paar Minuten, dann gehe ich zu Caralina nach draußen. Erstarrt stehe ich da, denn ihr Laptop liegt da, das Handy darauf und die Magnetkarte, mit der sie Zugang zum Büro und zur Firma hat, liegt obendrauf. Sie wird doch nicht wirklich … Ein Post-it klebt daneben, mit der Flugnummer und der

Abflugzeit, die sie gebucht hat, mehr nicht. Ich starre auf die leere Stelle.

»Verdammt! Was jetzt?« Meine Nerven sind zum Zerreißen gespannt. Ich muss wissen, was so wichtig ist, dass sie nicht mit mir fliegen will, ich aber gleichzeitig nach Seattle muss. Und dann … Ich schnappe mir Caralinas Handy und gehe zu Saint ins Büro.

»Kannst du dich um Seattle kümmern?« Er ist erstaunt über meine Bitte, sagt aber nichts. »Kannst du?« Er nickt nur. »Ich schicke dir alle Unterlagen.« Mit diesen Worten mache ich mich auf den Weg zurück ins Büro. Vorbei an Nellys Schreibtisch und lege ihr noch den Post-it mit der Flugnummer auf den Tisch. Trete in den Aufzug und fahre erst einmal nach Hause, um darüber nachzudenken, was das eben war. Warum ich reagiert habe, wie ich reagiert habe und warum ich Caralina dazu bringen wollte, das zu tun, was ich von ihr will. Ich muss mit ihr reden. Irgendetwas ist mir entgangen. Sie würde sich nicht einfach so aus einem lapidaren Grund widersetzen, meiner Anweisung oder meiner Bitte, mit mir geschäftlich wegzufahren. Sie hat noch nie das Private über das Berufliche gestellt. Und wenn ich darüber nachgedacht und sie nach dem Grund gefragt hätte, würde ich jetzt nicht so ahnungslos in meiner Wohnung sitzen. Ich rufe mir ein Taxi und fahre zu Caralina. Ich will gerade aussteigen, als sie mit einem kleinen Koffer aus dem Haus kommt und in ein wartendes Taxi steigt.

»Folgen Sie dem Taxi.« Der Fahrer schaut mich komisch an.

»Keine Angst, ich bin kein Stalker. Fahren Sie.« Er biegt ab und wir folgen dem Fahrzeug, das direkt zum Bahnhof fährt. Dort steigt Caralina in einen Schnellzug. Ohne nachzudenken, folge ich ihr und setze mich mit etwas Abstand einige Reihen hinter sie. Als der Schaffner einsteigt, gehe ich zu ihm und buche eine Fahrkarte bis zur Endstation des Zuges. Ich habe keine Ahnung, wo sie aussteigen wird, aber ich werde es herausfinden. Wir fahren lange. Ich sitze nur da und sehe sie an. *Was mache ich hier?*

CARALINA

Es hat mich getroffen. Seine Worte, sein harter Blick, und obwohl ich ihn verstehe, hätte ich mir gewünscht, er hätte mich einfach gefragt, warum ich nicht mit ihm fliegen kann. Die Arbeit macht mir Spaß. Ich glaube nicht, dass ich noch einmal so einen guten Job bekommen werde. Aber ich habe nicht gebettelt oder versucht, ihn zu überreden, mich nicht zu feuern. Ich habe meinen Stolz. Und ich habe ihm auch nicht gesagt, warum ich die freien Tage brauche. Alina, die rothaarige Anwältin, ich nenne sie nur die Hure, auch wenn ich weiß, dass das gemein ist, wird froh sein, wenn ich weg bin. Saints Blick, wie er Raven und auch mich völlig entgeistert ansah, ist mir nicht entgangen, aber ich werde nicht nachgeben. Nicht heute. Ich bin immer bereit, alles für den Job zu tun. Wirklich alles stehen und liegen zu lassen. Ich hätte auch meinen Urlaub verschoben, aber nicht diese drei Tage. Nicht diese.

Schweren Herzens gehe ich aus dem Büro an meinen Schreibtisch. Buche für Raven einen weiteren Flug, schreibe ihm Flugnummer und Abflugzeit auf. Dann klappe ich meinen Laptop zu. Lege mein Handy, das ich von der Firma bekommen habe, darauf, nehme meine wenigen privaten Sachen aus der Schublade und dem Schrank und verlasse die Firma. Ich fahre direkt nach Hause und hole meinen kleinen Koffer, den ich am Morgen gepackt habe. Ich rufe ein Taxi, das mich zum Bahnhof bringt. Ich habe keinen Flug gebucht, weil ich nicht wußte, ob ich es rechtzeitig aus dem Büro schaffe, sondern eine Fahrkarte für den Schnellzug. Den kann ich zu jeder Tageszeit nehmen. Da ich dachte, dass ich erst am späten Abend abreisen kann, werde ich nun früher als erwartet zu Hause sein. Während ich im Zug sitze, rufe ich meine Freundin an, die in Charlevoix eine kleine Pension betreibt, und sage ihr, dass ich am Abend ankomme. Ich bin schon auf dem Weg zu ihr.

»Ausgezeichnet Caralina. Ich mache dir eine Kleinigkeit zu essen.«

»Das ist nicht nötig.«

»Natürlich. Ich freue mich auf deinen Besuch, auch wenn es ein trauriger Anlass ist. Geht es dir gut? Nein, sag nichts, wir haben später noch Zeit zu reden.« Damit legt sie auf und ich lehne mich zurück und schließe die Augen. Denke an Raven, an das, was heute passiert ist. Erinnere dich an Samstag, als wir zusammen in diesem Café saßen und uns unterhielten, es war - perfekt. Ich weiß, dass dieser Mann nichts für mich ist, aber er hat alles und ist alles, was ich mir von meinem Partner wünsche. Damit meine ich nicht das viele Geld, das er hat, oder dass er erfolgreich ist. Nein, das nicht. Er ist gutaussehend, gewitzt hat einen Humor, der meinem gleicht. Seine Stimme verursacht ein wohliges Grummeln in meinem Bauch und wenn er mich mit seinen strahlend blauen Augen ansieht, wird mir warm ums Herz. Er hat eine tolle Figur und seine Anzüge passen ihm wie angegossen. Ich mag Männer, die Anzüge tragen, als wären sie dafür geboren. Bei Saint ist das auch so. Beide haben diese Aura, die sie umgibt und die sehr positiv auf mich wirkt. Bei Raven noch viel mehr. Ich mag ihn. Und ich mag ihn viel zu sehr und auf eine Art und Weise, die mir nicht zusteht. Die ich so schnell wie möglich vergessen sollte. Verdrängen und vor allem nicht darüber nachdenken. Allein, dass ich es tue. Es ist falsch. Raven ist kein Mann für mich. Aber Raven ist auch kein Mann für Alina Wright. Meiner Meinung nach, aber das habe ich nicht zu entscheiden. Ich weiß auch nicht, warum er immer diese Escortladies bucht. Und Nelly habe ich nicht zu fragen gewagt, das wäre unter meiner Würde gewesen. Aber es würde mich trotzdem interessieren. Ob er sie bucht, weil er sich einfach nicht binden will. Aber was ist dann mit Alina? Ich verstehe das nicht. Sie an seiner Seite kommt mir so falsch vor und dann wieder denke ich, was weiß ich. Es rumpelt und ich wache auf. Eigentlich muss ich eingeschlafen sein. Ein Blick auf die Uhr und dann nach draußen zeigt mir, dass ich sogar eine ganze Weile geschlafen habe. Das gleichmäßige Rumpeln der Schienen scheint mich müde gemacht zu haben. Noch vier Stunden und ich bin zu Hause. Dort, wo ich aufgewachsen bin, und doch ist es nicht mehr da, das, was mich an ein Zuhause erinnert. Auf dem Friedhof liegt meine Familie. Vier Jahre sind vergangen, vier lange Jahre ohne meine Lieben.Ohne meinen Bruder ohne Mum und Dad. Alle drei sind viel zu früh von uns gegangen, aber vor allem von mir. Sie haben mich allein gelassen. Wie oft habe ich in den letzten Jahren gedacht, wäre ich doch auch an diesem Tag gestorben. Aber heute ... ist es leichter und ich habe diese Gedanken schon lange nicht mehr gehabt. Spät abends kommt der Zug in Charlevoix an. Ich steige aus und nehme das nächste Taxi. Ich fahre direkt zur Pension, die in der Nähe des Friedhofs liegt. Bevor ich meine Freundin begrüße, zieht mich der Friedhof magisch an. Zuerst muss ich meine Familie begrüßen. Ich lasse meinen Koffer vor der Pension stehen und gehe die Straße entlang zur Kirche.

RAVEN

Ich frage mich von Minute zu Minute, von Stunde zu Stunde mehr, was ich hier mache. Ich kenne mich selbst nicht, und obwohl ich dem Taxifahrer gesagt habe, dass ich kein Stalker bin, fühle ich mich im Moment wie einer. Caralina ist eingeschlafen, ich würde sie am liebsten mit einer Decke zudecken. Und diese Gedanken verwirren mich. Warum schaue ich sie so liebevoll an, warum nur? Was macht sie mit mir? Allein die Tatsache, dass ich nicht nach Seattle fliege, um an diesem Mist zu arbeiten, dass ich es Saint überlasse und hier im Zug sitze. Das alles verwirrt mich. Jede andere Assistentin hätte ich rausgeschmissen und ihr keine Träne nachgeweint. Keine einzige. Bei ihr ist alles anders. Wir fahren fast neun Stunden. Als sie sich zum Aussteigen bereit macht, verpasse ich diesen Moment um ein Haar. Auch ich bin ein wenig eingenickt. Zum Glück habe ich kein Gepäck dabei und kann schnell aussteigen. Als ich mich auf dem Bahnsteig umschaue, ist von Caralina nichts mehr zu sehen. Mit schnellen Schritten gehe ich zum Ausgang und sehe sie gerade noch in ein Taxi steigen. Etwas frech schnappe ich einer Frau das nächste Taxi ab.

»Tut mir leid, aber es ist dringend.« Schnell schließe ich die Tür und wende mich nur an den Fahrer.

»Bitte folgen Sie dem Wagen vor uns.« Er fährt los. Wenn ihm das komisch vorkommt, sagt er nichts. Anscheinend kommt das öfter vor, was mir zu denken geben sollte. Das Taxi vor uns hält vor einer Pension und Caralina steigt aus. Sie stellt ihren Koffer vor der Tür ab und geht die Straße entlang. Ich bezahle und folge ihr. Ich bin ein Stalker. Es ist nicht richtig, was ich tue. Als sie durch das schmiedeeiserne Tor eines Friedhofs geht, werde ich unruhig. Welches Geheimnis hat Caralina? Ist es überhaupt ein Geheimnis? Hätte sie mir gesagt, wohin sie so dringend muss, wenn ich sie gefragt hätte? Ich bin unsicher. Ihr ist nicht aufgefallen, dass ihr jemand folgt. Dass ich ihr folge. In ausreichendem Abstand, damit sie mich noch nicht bemerkt, schaue ich ihr nach und beobachte, wohin sie geht. Der Friedhof ist nicht klein. Aber auch nicht so groß wie die großen Friedhöfe in New York. Viele Bäume wachsen hier und es sieht friedlich aus. So wie ein Friedhof aussehen sollte. Meine Erfahrung damit ist nicht groß. Meine Großeltern sind gestorben, als ich ein Teenager war. Sie waren noch nicht so alt, aber sonst hatte ich wenig Kontakt mit dem Tod. Außer ... Ich verdränge den Gedanken. Meine Eltern sind kerngesund. Was sich, und dessen bin ich mir bewusst, jederzeit ändern kann. Ich wünsche mir, dass sie noch lange bei mir bleiben. Mit dem Tod von nahen Verwandten musste ich bisher noch nicht umgehen. Nicht in dieser Form, einen geliebten Menschen beerdigen zu müssen. Der Gedanke an das Baby, das Mildred abgetrieben hat, drängt sich in den Vordergrund. Solche Orte haben diese Aura, dass man sich an Menschen erinnert, die nicht mehr unter uns sind. Die Trauer um das kleine Wesen, das nie das Licht der Welt erblicken durfte, ist immer in meinem Herzen. Ich konnte damals nicht Abschied nehmen, weil das Baby noch kein Baby war. Caralina bleibt vor einem Grab stehen. Bei diesem für sie wichtigen Termin geht es also um einen Todesfall. Mein Gewissen meldet sich. Langsam gehe ich näher. Leise, um sie nicht in ihrem Gespräch oder Gebet zu stören. Erst als ich neben ihr stehe, bemerkt sie mich und ich verstehe, warum es ihr so wichtig war, hierher zu kommen. Warum ein Job nicht wichtig genug ist, um morgen nicht hier zu sein. Ich schaue auf die drei Namen und die Daten. Das ihrer Geburt und das ihres Todes. Der gleiche Tag.

»Was ist mit ihnen passiert?« Sie schweigt.

»Was machst du hier?« Ihre Stimme ist heißer, sie beantwortet meine Frage nicht. Ich spüre, wie sehr es sie belastet, hier zu sein. Wieder weiß ich nicht, warum ich tue, was ich tue. Ich greife nach ihrer eiskalten Hand.

»Caralina, was ist passiert?« Der Druck auf meine Hand

wird stärker.

»Ich war nicht zu Hause. Ich war mit meinen Klassenkameraden auf einem Ausflug, man kann es auch Ferien im Nationalpark nennen. Meine Eltern und mein Bruder hatten hier in Charlevoix eine Schafzucht. Es kam oft vor, dass ein Mutterschaf die Geburt nicht überlebte oder die kleinen Lämmer nicht angenommen wurden. Eigentlich zu jeder Jahreszeit. Dann mussten wir die Tiere von Hand mit der Flasche aufziehen. Wir haben oft neben den Tieren im Stroh geschlafen. Mit »wir« meine ich meinen Bruder und mich. Später hat mein Bruder einen kleinen Schuppen zwischen dem Stall und dem Wohnhaus gebaut. Dort wurden die Jungtiere untergebracht. Eine Wärmelampe sorgte für die nötige Wärme, die die Tiere ohne ihre Mutter brauchten. Die Gutachter sagen, dass eine dieser Lampen einen technischen Defekt hatte. Es kam zu einem Schwelbrand. Mein Bruder, der neben der Küche schlief, starb zuerst an einer Kohlenmonoxidvergiftung. Meine Eltern im Obergeschoss etwas später. Sie wurden in ihren Betten gefunden, aber erst nach dem Brand. Die Feuermelder hatten zwar angeschlagen, aber das Gift hatte längst sein tödliches Werk vollbracht. Alles war zerstört. Der Stall, das Haus. Einfach alles. Es waren schlimme Monate und Jahre, die ich ohne meine Patentante und ihren Mann nicht überstanden hätte. Ohne meine Freunde hier. Die Versicherung dachte ein so junges Mädchen könne man hintergehen.

Aber am Ende hat mein Anwalt mit dem Geld, das mir meine Verwandten geliehen haben, dafür gesorgt, dass ich zu meinem Recht gekommen bin. Die Versicherung musste zahlen. Ich verkaufte die Ländereien. Verkaufte mein Heim und mit dem Geld, das ich davon bekam und dem Geld von der Versicherung, konnte ich alle meine Schulden zurückzahlen und meinen Traum, nach New York zu ziehen, verwirklichen. Mein Bruder hätte das gewollt. Meine Eltern hoffentlich auch. Ich glaube, sie sind stolz auf mich, aber ich weiß es nicht, sie können es mir nicht sagen. Ich kann es nur hoffen. Aber was für mich wichtig ist, Raven, ist der Besuch hier an ihrem Grab am Jahrestag. Morgen reist meine Tante aus Vancouver an und wir werden zusammen an sie denken. Das ist mir sehr wichtig. Ich habe keine Familie mehr außer meiner Tante und ihrem Mann. Denn hier liegt meine Familie begraben. Ich möchte mich an sie erinnern, sie nicht vergessen. Ich möchte, dass sie wissen, dass ich sie liebe, und ja, ich könnte das auch von Seattle aus tun, aber hier fühle ich mich ihnen nahe. Hier an ihrem Grab fühle ich mich ihnen nahe.« Sie dreht sich zu mir um.

»Warum bist du hier?« Jetzt schweige ich, weil ich ihre Frage nicht beantworten kann, weil ich es nicht weiß. Irgendwann sage ich:

»Ich weiß es nicht.« Ihr Blick ist ausdruckslos. Sie schaut auf ihre Hand oder auf meine, die ich immer noch halte. Das alles verwirrt mich. Aber dann fängt es plötzlich an zu schneien. Ich schaue in den Himmel und irgendwie wirkt alles so verzaubert, so unwirklich. Ich stehe am Grab von Caralinas Familie, bei ihr und halte ihre Hand. Und es schneit weiße Flocken vom Himmel. Irgendwie könnte es nicht kitschiger und trauriger sein. Sie ist die erste, die sich fast losreißt. Mich loslässt und sagt.

»Ich muss nach meinem Koffer sehen und etwas essen, wenn ich ehrlich bin, habe ich schrecklichen Hunger.« Das wiederum lässt mich darüber nachdenken, wo ich heute Nacht schlafen soll. Mit meinem unüberlegten Aufbruch habe ich mich in eine ziemlich blöde Situation gebracht. Ich gehe mit ihr an meiner Seite vom Friedhof zurück zur Pension, vor der sie ihren Koffer abgestellt hat. Er ist weg, aber Caralina macht sich keine Sorgen. Sie betritt die Pension und eine Frau in meinem Alter steht an der Rezeption und lächelt sie an. Sie steht auf, kommt zu ihr und umarmt sie. Sie scheinen sich gut zu kennen.

»Caralina meine Liebe, schön dich mal wieder zu sehen, du warst lange nicht hier. Wie geht es dir?« Sie redet und redet und hält sie fest. Drückt sie und ich merke, wie sehr sie Caralina mag. Aber dann richtet sie sich auf, als wäre ihr eingefallen, dass da noch ein Gast vor der Anmeldung steht. Sie schaut mich fragend an, wendet den Blick zu mir und dann wieder zu Caralina. Sie ist es, die spricht: »Hast du noch ein Zimmer für meinen Boss, Mr. Barker? Er ... er ist mir nachgereist.«

»Nachgereist?«

»Und wenn ich ehrlich bin, hätte ich echt Hunger.

Wenn dein Angebot noch steht und du eine Kleinigkeit zu essen hättest, würde ich nicht nein sagen.«

»Also das mit dem Essen ist eigentlich kein Problem, aber …«

»Aber?« Wende ich ein.

»Das mit dem Zimmer ist eines. Ich habe kein Zimmer frei. Selbst das für deine Tante und deinen Onkel ist heute Nacht noch belegt und wird erst morgen frei. Ich kann bei Jonas im Diner anrufen, aber um ehrlich zu sein, Caralina, ich glaube nicht, dass er noch Kapazitäten frei hat. Dieses Wochenende ist die Frühjahrsmesse der Viehzüchter. Alles, was Rang und Namen hat, ist diese Woche hier. Sie könnten in den größeren Hotels fragen. Die haben bestimmt noch was frei, aber die sind ein bisschen weit weg von hier. Wirklich, Caralina, ich kann nicht zaubern, das einzige Bett, das heute Nacht noch frei ist, ist das neben dir.«

»Neben mir?«

»Du hast ein Doppelzimmer.« Es ist still im Flur. Und ein Vibrieren geht durch meinen Körper. Ich überlege, was das soll. Wie oft soll ich heute noch darüber nachdenken?

»Danke, Mrs…«

»Harris.«

»Danke, Mrs. Harris, wenn Sie mir vielleicht die Telefonnummer raussuchen könnten…«

»Du kannst bei mir schlafen.« Das ist der Satz, der mich überrascht und erstarren lässt. Auch Caralina steht wie zur Salzsäule erstarrt da. Mrs. Harris schaut von ihr zu mir. Ich sehe, wie es in ihrem Kopf rattert. Dann huscht ein Lächeln über ihr Gesicht, als hätte sie eine Entscheidung getroffen.

»Sehr gut.« Sie nimmt einen Schlüssel von einem dieser altmodischen Bretter aus vergangenen Zeiten. Erst jetzt schaue ich mich ein wenig um und sehe, dass sie die Pension mit viel Liebe zum Detail und vor allem mit viel Geschmack eingerichtet hat. Im alten Gründerzeitstil mit englischem Touch. Es sieht interessant aus und nicht wie eine gewöhnliche Pension. Kein Wunder, dass sie ausgebucht ist. Es wirkt einladend und das sage ich, der ich noch nie in einer so billigen Unterkunft übernachtet habe. Wieder schüttle ich den Kopf über mich selbst und weiß einfach nicht, was hier los ist. »Caralina, du weißt doch, wo das Zimmer ist. Ich wärme euch das Essen auf. Wenn Ihr euch frisch gemacht habt, kommt doch zu mir in die Küche.« In die Küche. Wieder etwas, das mich irritieren sollte, es aber irgendwie nicht tut. Caralina strafft die Schultern und wendet sich dem Treppenhaus zu. Kein Fahrstuhl. Gut, es sind nur zwei Stockwerke, aber schwere Koffer muss man vielleicht trotzdem nach oben schleppen. Als sie vor der Zimmertür steht, dreht sie sich wieder zu mir um.

»Warum bist du mir gefolgt, Raven?« Als ich wieder nicht antworte, dreht sie sich wieder um und öffnet die Tür. Es ist ein kleines Zimmer. Genauso geschmackvoll eingerichtet wie die Räume unten. Mit einer unglaublichen Liebe zum Detail. Alles ist sauber, aber, na ja, es ist klein. Aber es reicht. In der Mitte des Zimmers steht ein großes Doppelbett, an der Wand ein Schrank. Eine Tür führt, so vermute ich, in ein kleines Bad und vor dem Fenster steht eine kleine Coach. Ich fürchte, ich werde die Nacht auf ihr verbringen. Saint wird sich totlachen, wenn ich ihm das erzähle, und nicht nur er. Und doch glaube ich es wieder nicht. Saint. Er ist jetzt in Seattle und muss sich mit dem Mist herumschlagen, den Norman uns eingebrockt hat. Der Kerl, den ich eingestellt habe, dem ich vertraut habe, und ich bin hier und weiß nicht, warum ich hier bin. Caralina geht kurz ins Bad und sagt dann:

»Ich bin wirklich hungrig Raven und Chloé kocht sehr gut, wenn du also Hunger hast wie ich, dann komm mit.« Ich bin ... überrascht. An diesem Abend lerne ich eine Seite von mir kennen, von der ich nicht wusste, dass sie in mir steckt. Ich unterhalte mich gerne mit Chloé und Caralina. Ich erfahre einiges aus ihrer Kindheit und wir lachen unglaublich viel. Ich bin entspannt, und das liegt nicht am Wein. Dieser Wein, den uns Chloé vorsetzt und serviert, ist übrigens sehr gut und wird mir morgen keine Kopfschmerzen bereiten. Außerdem ist ihr Humor, ihr Charisma sehr angenehm und das wiederum beschämt mich sogar. Saint hat mir einmal anvertraut, dass er von Holly geerdet wird. Dass er ihr nie einen zweiten Blick schenken würde, wenn er sie auf der Straße treffen würde. Wäre er mit wem auch immer zum Einkaufen gegangen und hätte sie in der Boutique getroffen, in der sie arbeitete, er hätte sie ignoriert. Er hätte diese wunderbarste Frau der Welt einfach ignoriert, weil sie in seinen Augen nicht gut genug für ihn gewesen wäre. Er war so abgehoben, er dachte, diese Frauen wären nichts für ihn. Zu einfach für einen Saint Barker. Ich habe das damals nicht ganz verstanden. Es schien mir nicht richtig. Saint ist nicht abgehoben und doch ... Jetzt. Es ist eine ähnliche Situation wie jetzt. Schon lange nicht mehr, wenn überhaupt, habe ich einen so amüsanten Abend mit zwei Frauen verbracht, die in einfachen Verhältnissen aufgewachsen sind, die in bescheidenen Verhältnissen leben. Aber beide strahlen eine unglaubliche Ehrlichkeit und Lebensfreude aus, die ich nur bei sehr wenigen Menschen aus der Oberschicht wahrnehme. Chloé erzählt uns ein paar Geschichten über ihre Gäste hier. Was sie liegen lassen, was sie vergessen oder auch aus welchen Situationen sie schon Gäste befreien musste. Als sie von eindeutigen Gegenständen erzählt, die sie zwischen den Matratzen gefunden hat, muss ich laut lachen. Tränen schießen mir aus den Augen. Nicht vor Trauer, sondern, wie gesagt, vor Lachen. Ich glaube, ich habe noch nie einen so lustigen Abend erlebt. Und ich wiederhole mich, aber das liegt nicht an zu viel Wein. Gegen Mitternacht taucht Chloés Mann auf, der in einer Fabrik in der Nähe arbeitet. Er setzt sich zu uns, isst die Reste auf und trinkt auch ein Glas Rotwein dazu. Es ist ein merkwürdiger Abend, und wieder ist es dieses Wort, das mir in den Sinn gekommen ist. Das ich sehr selten benutze. Aber gegen zwei Uhr morgens sehen Chloé und auch ihr Mann müde aus. Sie schaut auf die Uhr und ich erkenne den kleinen Wink. Caralina hingegen will ihn nicht sehen und ich weiß natürlich auch warum.

»Ich gehe dann mal auf das Zimmer. Caralina, bist du noch nicht müde? Ich glaube, unsere Gastgeber sind es.« Sie wirft Chloé einen entschuldigenden Blick zu und ich erkenne die zwei Atemzüge, die sie macht. Dann steht sie auf und geht vor mir die Treppe hinauf. Sie ist aufgeregt und ich ... nicht weniger. Als sich die Tür hinter uns beiden schließt, weiß sie nicht, was sie tun soll, und ich ... habe keine Ahnung, was ich tue, aber die ganze Situation, der ganze Tag und der ganze Abend, alles ist verrückt. Ich halte sie bei den Schultern. Schaue ihr in die Augen und dann ... hauche ich.

»Wenn du nicht willst, dann solltest du jetzt nein sagen.« Kein Wort kommt aus ihrem Mund und so, ja, ich küsse Caralina. Lange Zeit, das muss ich zugeben, habe ich keine Ahnung, was ich da eigentlich tue. Ich weiß nur, dass ich noch nie etwas Schöneres erlebt habe. Ich erkenne mich selbst nicht wieder. Caralina ist keine Frau wie Alina oder eine der vielen anderen. Mit ihr zusammen zu sein, ist mit nichts zu vergleichen. Ihr Duft, ihre Reaktion auf mich, das alles macht mich sprachlos und gleichzeitig fühlt es sich richtig an. In meinem Kopf ist immer der Gedanke, dass ich angekommen bin. Und ich genieße diese Minuten oder sind es Stunden? Irgendwann liegen wir im Bett und schenken uns Liebe. Auch ein Wort, das ich nie benutze. Ich schlafe mit einer Frau. Zur Befriedigung, das hat nichts mit Liebe zu tun. Überhaupt nichts, und doch ist das, was ich mit Caralina in diesem Zimmer, in diesem Bett in dieser Nacht teile, kein Sex. Es ist so viel mehr. Sie erbebt unter mir. Sie seufzt und ich sauge diese Seufzer in mich auf. Ich will, dass sie fliegt, dass sie diese Nacht nie vergisst. Ich will, dass es die Nacht ihres Lebens wird. Ich stelle meine Bedürfnisse völlig zurück. Wieder etwas, was total ungewöhnlich für mich ist. Ich nehme nicht, ich gebe, ich schenke ihr. Irgendwann als wir gesättigt oder schlicht müde sind, fallen wir eng aneinandergekuschelt, in einen tiefen Schlaf. Als ich aufwache, liege ich allein im Bett.

CARALINA

Ich habe keine Ahnung, was das war. Der ganze Tag war verrückt. Und dann, als ich am Grab meiner Familie stand, war plötzlich Raven neben mir. Er! Ich wusste nicht, wie ich reagieren sollte, und auf meine Frage, was er hier wolle, bekam ich keine Antwort. Ich glaube, er konnte sie auch gar nicht geben. Er hatte selbst keine Ahnung. Er hat meine Hand genommen und dieses Kribbeln in mir, an der Stelle, wo wir uns berührt haben, ist bis in die kleinsten und hintersten Stellen meines Körpers gegangen. Es war ... es gibt keine Antwort darauf und ich bin sicher, er wusste es wirklich nicht. Später in der Pension bei Chloé, die Tatsache, dass kein Zimmer mehr frei war und ihm nur meine Hälfte des Doppelbettes für die Nacht zur Verfügung stand, brachte mich noch mehr in Aufruhr und trotzdem sagte ich ihm, dass er ... was habe ich mir nur dabei gedacht! Er könnte denken, ich hätte es geplant.

Obwohl das nie der Fall war. In dieser Nacht ... Ich hatte noch nicht viel Sex. War noch nicht oft mit einem Mann zusammen. Nicht, weil ich keine Gelegenheit dazu gehabt hätte oder nicht hübsch genug gewesen wäre. Der Grund war, dass ich keinen gefunden habe, der meine Bedürfnisse so befriedigen konnte, wie ich es mir vorgestellt hatte. Aber spät in der Nacht, als sich die Tür hinter uns geschlossen hatte, da hat Raven ... er hat einfach ... nicht einfach, er hat mich gefragt, aber dann hat er mich geküsst. Hat mit mir geschlafen und ich bin mir sicher, dass ich nie wieder in meinem Leben so eine Nacht mit einem Mann erleben werde. Ich werde jeden Mann und jede Nacht, die ich mit einem Mann im Bett verbringe, mit dieser Nacht vergleichen. Den Mann mit Raven vergleichen. Er weiß genau, wie man mit einer Frau im Bett umgeht. Ob er das bei diesen Frauen gelernt hat? Bei Alina, der rothaarigen Hexe? Ob ich das auch für ihn war, einfach eine Frau, die er sich nimmt? Die ... meine Gedanken rasen, einen klaren Gedanken zu fassen, ist nicht möglich, wenn ich in seinen Armen liege, seinen Duft in der Nase habe und seine Hand mich sanft hält. Er schläft tief und fest. Erholsam, möchte ich sagen. Ich weiß genau, dass er in den letzten Wochen sehr schlecht geschlafen hat. Oft Kopfschmerzen hatte. Dieser Norman, das, was er getan hat oder immer noch tut, das hat ihn persönlich getroffen. Er hat ihm vertraut und er hat dieses Vertrauen gebrochen. Ist ihm hinterhältig in den Rücken gefallen. Ich bin sicher, dass er das sein Leben lang bereuen wird. Norman hat Verträge gebrochen und Saint und Raven werden ihn jagen. Sie werden ihn anklagen und er wird die USA nicht mehr betreten können. Ob es das wert war? Ich habe gehört, dass er sich auf die Cayment Inseln abgesetzt hat. Wenn er genug Geld von seinen Auftraggebern bekommen hat. Vielleicht musste er aber auch viel zurücklassen. Ich denke an seine Familie. Familie. Das ist das Wort, der Gedanke, der mich in die Realität zurückholt. Heute vor vier Jahren starb meine Familie. Heute vor vier Jahren wurde mein Leben auf den Kopf gestellt. Ich habe mein Zuhause verloren und war lange Zeit auf meine Freunde angewiesen. Vorsichtig, um Raven nicht zu wecken, denn eine Konfrontation mit ihm würde mir im Moment sehr schwer fallen, gehe ich ins Badezimmer. Wasche mich so leise wie möglich, ziehe mich an und verlasse das Zimmer. Gehe zu Chloé in die Küche, die schon das Frühstück für die Gäste vorbereitet. Sie schaut mich lange und wissend an. Ich gehe zur Kaffeemaschine und hole mir eine Tasse des schwarzen Gebräus.

»Er ist nett.«

»Er ist mein Boss und kommt nicht in Frage.«

»Aber er ist hier. Warum ist er das, Caralina?«

»Wenn ich das nur wüsste, Chloé.«

»Und du hast die Nacht mit ihm verbracht.« Ich sehe sie an und nicke.

»Aber ich habe keine Ahnung, wo das hinführt. Aber ich, nirgendwohin. Er ist ... er ist mein Boss. Chloé, er ist einer der CEO der Barker Holding. Er ist reich. Stinkreich. Er ist ...«

»Du bist in ihn verliebt.«

»NEIN!« Ich verstumme nach diesem schnellen Ausbruch. Meine Freundin wendet sich wieder ihrer Arbeit zu und ich stehe da und trinke meinen Kaffee aus. Trinke ihn aus und lasse mir dann eine weitere Tasse des schwarzen Heißgetränks in die Tasse laufen. Ich schaue auf die Uhr. Meine Patentante wird gleich landen und ich beschließe, sie vom Flughafen abzuholen. Dafür leihe ich mir Chloés Auto und fahre früher los, um Raven nicht zu begegnen. Das ist mir bewusst, und doch ist heute der Tag für meine Familie. Heute will ich nur an sie denken. Sie ehren, zusammen mit meinen Verwandten. Wir haben einen Gottesdienst organisiert und danach eine kleine Gedenkfeier. Es ist mir wichtig, dass sie nicht vergessen werden. Das werden sie nie. Nicht bei mir, aber die Zeit heilt, wie man so lapidar sagt, viele Wunden und die Wunde am elterlichen Hof wurde mit einem Neubau geschlossen. Ein neuer großer Stall entstand und ein Wohnhaus. Eine neue Familie wohnt, arbeitet und lebt dort. An dem Ort, an den ich bis zu diesem schrecklichen Tag nur schöne Erinnerungen hatte. Wo ich aufgewachsen bin. Da ich Zeit habe, nehme ich mir die Zeit und fahre vorbei, einfach um zu sehen, was daraus geworden ist. Den nachdenklichen Blick von Chloé, als ich die Küche verlasse, nehme ich nicht wahr. Aber im Auto fange ich wieder an zu grübeln. Ich weiß nicht, wohin das alles führen soll und kann es überhaupt irgendwo hinführen? Raven hat mich entlassen. Aber er ist mir gefolgt. Heißt das, ich bin doch nicht gefeuert? Oder was bedeutet es? Nichts? War es nur eine Nacht, ein Glas Rotwein zu viel? Ich frage mich viel, zu viel, und ich bin selbst schuld, dass ich keine Antwort bekomme, denn ich bin abgehauen und habe eine Begegnung vermieden, indem ich weggefahren bin. Ob es später noch so sein wird? Ich glaube nicht. Jetzt, wo er weiß, warum ich gehen musste, wird er wieder weggehen. Zurück nach New York oder er fliegt direkt nach Seattle, um Saint zu unterstützen. Aber was wird aus mir? Kann ich in New York bleiben? Bekomme ich einen neuen Job? So viele Fragen und keine davon wird beantwortet, während ich hier im Auto sitze. Als ich am Flughafen ankomme, parke ich, gehe durch die Hallen zum Check-out und warte auf meine Verwandten, die gleich durch den Zoll kommen. Meine Tante kommt lächelnd auf mich zu und umarmt mich. Da ich Weihnachten bei ihnen verbracht habe, war die Zeit, in der wir uns nicht gesehen haben, nicht allzu lang. Mein Onkel tut es ihr gleich und umarmt mich.

»Du siehst gut aus, mein Mädchen.« So nennt er mich immer, und das liebe ich an ihm.

»Danke Onkel Ihr auch.«

»Du hättest nicht hierher fahren müssen. Wir hätten auch ein Taxi nehmen können. Wenn du schon ein paar Tage frei hast, solltest du dich ausruhen.«

»Schon gut Onkel. Lass uns zum Auto gehen. Chloé wartet schon auf euch. Sie hat mir zugeflüstert, dass sie den leckeren Stew gemacht hat, den du so magst. Extra für dich.«

»Sie ist ein Schatz.«

»Absolut.« Im Auto erinnere ich mich an die Worte meines Onkels. Dass Chloé ein Goldstück ist, und es stimmt. Als ich nass und durchgefroren und völlig geschockt vor den Trümmern meines Zuhauses stand, hat sie mich bei der Hand genommen und zu sich nach Hause gebracht. Sie gab mir ein Zimmer in der Pension, die sie erst vor wenigen Jahren von ihren Eltern übernommen hatte und die noch im Umbau war. Ohne Geld zu nehmen, überließ sie mir dieses Zimmer auf unbestimmte Zeit. Ich wohnte einige Wochen bei ihr, bis ich von anderen Bekannten eine kleine Wohnung mieten konnte, in der ich lebte, bis ich mein Studium beendet hatte und auch der Ärger mit der Versicherung Geschichte war. Aber gegessen habe ich jeden Tag bei ihr. Es war nicht nur das Essen, das bei ihr so gut war. Es war die bleierne Leere in mir, die Einsamkeit, der ich dadurch entkam. Ich habe mich bei ihr und ihrem Mann wohl gefühlt, und sie haben nie ein Wort darüber verloren, dass ich ihnen zur Last gefallen wäre. Ich liebe Chloé wie eine Schwester, obwohl sie ein paar Jahre älter ist als ich. Ich denke, sie könnte in Ravens Alter sein, und ich fange wieder an, an ihn zu denken. Als wir vor der Pension halten, spüre ich, dass Raven nicht mehr da ist. Ich weiß nicht, woher ich das weiß, aber ich bin mir sicher. Er ist gegangen. Hat mir diesen Tag geschenkt. Den Tag mit meiner Familie zu verbringen, ohne mich mit ihm oder dem, was heute Nacht passiert ist, auseinandersetzen zu müssen. Genau deshalb ist er gegangen, nur weiß ich trotzdem nicht, wie es weitergehen wird. Aber das muss ich heute in den Hintergrund stellen. Heute will ich nur an meine Familie denken. Es schneit wieder. Der Winter hat uns dieses Jahr noch fest im Griff. Vor allem hier im Norden. Aber auch in New York werden sicher noch einige Schneeflocken auf die Straßen fallen und für das übliche Verkehrschaos sorgen. Chloé begrüßt meine Tante und ihren Mann und zeigt ihnen das Zimmer. Sie ziehen sich einen Moment zurück, den Chloé nutzt, um mir zu sagen, was ich schon weiß.

»Er hat sich verabschiedet und ist zurück nach New York gefahren. Er hat das Zimmer bezahlt und mir gesagt, ich soll dir ausrichten, dass er dich am Montag pünktlich um 8 Uhr in der Firma erwartet. Keinen Tag früher und keine Minute später. Sorry, so hat er es ausgedrückt.« Sie lächelt.

»Er muss ein ziemlich strenger Boss sein.«

»Das ist er.« Ich setze mich im Restaurant, an den Tisch den Chloé uns gedeckt hat und warte, bis meine Verwandten ankommen. Wir essen zusammen ein leichtes Mittagessen. Danach holen wir beim Floristen die bestellten Blumenkränze ab und gehen gemeinsam zur Kirche. Es sind erstaunlich viele Leute gekommen. Das freut mich sehr. Mum und Dad würden sich freuen und auch mein Bruder. Seine alten Freunde sind da. Mit ihren Frauen und auch ein paar Kindern. Kinder, die mein Bruder nie haben wird. Der Kloß in meinem Hals wird größer. Das ist alles sehr emotional für mich und Raven ist nicht mehr in meinen Gedanken. Ich weine viel, werde umarmt, schüttle viele Hände und lausche auch den Worten des Pastors die mich trösten sollen. Ich denke an die Beerdigung vor vier Jahren. Ich habe keine Erinnerung daran, keine Ahnung, was er gesagt hat. Denn niemand konnte mich damals trösten. Ich glaubte auch nicht an einen Schöpfer oder an eine höhere Bestimmung meiner Familie, wo auch immer sie jetzt sein mag. Sie waren tot. Das war in mir. Sie waren weg und mit ihnen war nur noch Kälte in mir. Der Glaube, dass alles gut werden würde, dass ich im Glauben Trost finden würde, das war etwas, was nicht kommen würde und auch nicht kam. Ich kann diesen Herrn, wo auch immer er sein mag, der mir meine Familie genommen hat, nicht gutheißen. Ich kann auch nicht zu ihm beten oder ihn bitten, meiner Familie gnädig zu sein, ihnen ihre Sünden zu vergeben. Denn es gibt nichts zu vergeben. Sie waren die besten Eltern, der beste Bruder, den ich je hatte. Sie haben die Natur und die Tiere geliebt und doch hat der Herr oder Gott oder wer auch immer sie mir genommen. Hat sie nicht weiterleben lassen. Ich glaube nicht an Gott oder an ein Leben nach dem Tod. Aber ich glaube daran, dass jeder Mensch eine Seele hat und dass diese Seele nach dem Tod auf Reisen geht. Sie sucht sich einen neuen Körper. Ich weiß, dass sie in einem anderen Lebewesen ein neues Leben führen wird, und vielleicht ist das der Himmel. Zu wissen, dass es doch irgendwie ein Leben nach dem Tod gibt. Dieser Gedanke tröstet mich. Mehr als die Worte dieses Pastors, dem ich nicht böse bin, dem ich dankbar bin, dass er für die vielen Menschen hier Worte findet, die sie trösten. Danach gehen wir gemeinsam zum Friedhof. Ich lege meinen Kranz in

Form eines großen Herzens auf das Grab. Auch meine Tante legt Blumen nieder. Ich sehe, dass noch viele andere Blumen in der Hand haben.

»Mama würde sich freuen, danke, dass Ihr gekommen seid und ihnen Blumen gebracht habt. Jack würde sagen, trocknet sie und gebt sie meinen Schafen.« Alle lachen. »Und Dad würde sich freuen, dass die Blumen ein Lächeln auf Mums Gesicht zaubern. Was ich sagen will, ist: Danke, dass Ihr alle hier seid und euch an sie erinnert. Sie nicht vergessen habt. Danke das Ihr diesen Tag mit mir feiert. Erinnert euch an sie und bitte erinnert euch an sie mit viel Liebe. Mit Freunden im Herzen und mit Freude. Erzählt euch Geschichten von ihnen. Erzählt mir Geschichten über sie. Ich freue mich über jede einzelne und werde sie in meinem Herzen bewahren. Kommt alle mit zu Chloé ins Restaurant. Wir haben es für heute reserviert und es gibt Kuchen und ein leichtes Essen. Bitte feiert mit mir Ihr Andenken. Es wäre mir eine Freude.« Mit diesen Worten drehe ich mich noch einmal zum Grab um und lächle. Denn ich weiß, dass es ihnen gefallen würde. Vor allem Jack würde sich freuen zu sehen, dass seine Kumpels hier sind und mit ihnen auch schon ihre Frauen und Kinder. Er wäre ein guter Dad geworden. Ein Kloß bildet sich in meiner Kehle, aber bevor mir die Tränen kommen, verabschiede ich mich für heute.Der Nachmittag wird genau so, wie ich ihn mir vorgestellt habe. Ich lache so viel. Zwischendurch weine ich auch, aber noch mehr lache ich. Die Anekdoten, die mir viele Freunde und Bekannte von meiner Familie erzählen.

Vieles wusste ich schon, aber vieles noch nicht. Spät am Abend falle ich müde ins Bett und erst jetzt habe ich wieder den Geruch von Raven in der Nase und sehe auch das Handy, das auf meinem Kopfkissen liegt. Langsam ziehe ich mich aus und stelle mich erst einmal unter die Dusche. Heute Morgen habe ich mich nur mit dem Waschlappen gereinigt und die Spuren der Nacht weggewischt. Aber eine Dusche ist doch etwas anderes. Danach lege ich mich ins Bett und der Duft von Raven umhüllt mich. Er lässt mich sanft in den Schlaf gleiten. Da ich morgen nicht gleich wieder abreisen muss, sondern sogar bis Sonntag hier bleiben kann, wenn das Zimmer frei ist, bleibe ich morgens erst einmal liegen und genieße die Stunden, in denen ich einfach nur vor mich hin dösen kann. Erst spät stehe ich auf und betrete den Frühstücksraum, in dem gestern noch so viele Bekannte von uns versammelt waren. Heute Morgen teile ich den Raum mit vielen anderen. Meine Tante und mein Onkel sitzen an einem Tisch und schauen mich lächelnd an.

»Da war wohl jemand müde?«

»Auf jeden Fall. Die vielen Geschichten und ... ja die Gefühle, die, haben mich angestrengt.« Chloé, die die letzten Worte gehört hat, als sie mir einen Kaffee bringt, meint.

»Vor allem wenn man den Abend davor nicht geschlafen hat und sich Nachts auch noch sportlich betätigen musste.« Ich sehe sie etwas streng an und Tante schaut von mir zu ihr. Neugierig. Aber schweigt. Onkel Paul hat die untergründigen Schwingungen natürlich nicht gespürt und fragt nach:

»Du machst nachts Sport?« Chloé muss kichern und meine Tante hustet. Da wird meinem Onkel klar, was er da gerade von sich gegeben hat. Er murmelt leise.

»Frauen.« Es wird ein schöner Tag. Wir reden viel und am Abend fahre ich die beiden zum Flughafen. Chloé freut sich, dass ich noch zwei Tage bei ihr bleibe. Das tut mir gut. Doch Fragen bleiben in dieser Zeit unbeantwortet. Als ich am Sonntagmorgen ein letztes Mal zum Friedhof gehe, spreche ich am Grab mit ihnen, als könnten sie mich hören. Ich frage sie, was ich tun soll und was sie von dem halten, was Raven und ich getan haben. Nicht nur, dass er mir gefolgt ist, sondern auch diese Nacht, die wir zusammen verbracht haben. Was ich darin sehen soll, etwas oder nichts. Ich bin einfach unsicher, und das bin ich sonst nicht. Ich will meinen Job gut machen, sehr gut, das ist mein Anspruch an mich. Aber jetzt ist da diese Nacht zwischen uns. Zwischen mir und meinem Boss. Zwischen mir und einem reichen Mann. Zwischen mir und Raven. Wie soll das funktionieren? Ich glaube, es wird gar nicht funktionieren. Ich fahre wieder mit dem Zug und nicht mit dem Flugzeug. Ich reise gerne so. Man kommt zur Ruhe und kann die Landschaft an sich vorbeiziehen lassen. Oft dauert es ein bisschen länger, aber wenn man die Zeit für das Einchecken und so mitrechnet, ist es oft nicht so viel. Und vor allem ist es irgendwie stressfreier. Natürlich kommt man in den USA nicht darum herum, viel zu fliegen. Dafür ist das Land einfach zu groß. Aber wann immer es geht, fahre ich auch gerne mit dem Zug. Gegen 18 Uhr kommen wir in New York an, ich steige aus und nehme mir ein Taxi nach Hause. Mit der U-Bahn ginge es auch, aber mit dem Taxi ist es angenehmer. Zu Hause schließe ich die Tür hinter mir, ziehe meine Schuhe aus und lasse mich auf die Coach fallen. Es hat mich trotzdem angestrengt. Die ganzen Tage. Sie waren emotional und anders, als ich es erwartet hatte, und genau das hat mich gestresst. Noch mehr die Frage, was ich morgen machen soll. Die Nacht ignorieren? Den Besuch von Raven sowieso und den Streit? Fragen über Fragen, die sich in den nächsten Stunden zumindest teilweise auflösen werden. Wie jeden Morgen gehe ich in die Firma und stehe gleich vor dem ersten Problem, denn meine Zugangskarte ist oben im Büro und nicht hier unten. Ich rufe Nelly an und hoffe, dass sie schon da ist und nicht noch in Seattle.

»Caralina?«

»Ich bin unten und habe die Magnetkarte nicht mehr.« Sie legt einfach auf. Wenig später kommt sie zu mir. In der Hand hält sie meine Karte und reicht sie mir. Sie fragt nicht nach.

»Das Kleid steht dir.«

»Danke. War Seattle erfolgreich?«

»Teilweise. War deine Reise erfolgreich?« Ich bleibe stehen. Sie dreht sich zu mir um.

»Meine Eltern und mein Bruder sind vor vier Jahren bei einem Brand ums Leben gekommen. Am Donnerstag war ihr vierter Todestag und ich wollte an ihrem Grab stehen und mich an sie erinnern und um sie weinen.« Nelly die eine der kontrolliertesten Personen ist, die ich kenne, die selten auch nur einen Hauch von Gefühlen zeigt, verändert sich vor meinen Augen. Sie wird ... weich. Kommt einen Schritt auf mich zu und zieht mich an sich.

»Es tut mir leid Caralina.« Ich schlucke, denn es bedeutet mir sehr viel. Doch dann lässt sie mich los und geht in ihr Büro.

»Schönen Tag Caralina.« Ich nicke ihr zu. Schalte die Kaffeemaschine ein, fahre den Computer hoch, checke mein E-Mail Postfach, dann den Kalender und bin wieder mitten in der Arbeit, bis die Tür aufgeht und Raven hereinkommt. Ich atme tief durch. Er geht wortlos in sein Büro und ich warte, wie immer, die fünf Minuten, bevor ich die Mappe nehme und ihm eine Tasse Kaffee bringe. Aber heute bin ich aufgeregt.

RAVEN

Ich erwache allein im Bett. Sie ist nicht mehr da. Ein Blick auf die Uhr zeigt, dass es schon nach neun Uhr ist. Mein Magen knurrt und verlangt nach Frühstück. Mangels Wechselklamotten muss ich, so ungern ich es auch tue, nach dem Duschen wieder in meine getragenen Kleider schlüpfen. Bevor ich das Zimmer verlasse, gehe ich noch einmal zum Bett. Stehe einfach nur da und betrachte die Bettdecke. Ich versuche, das, was hier vor Stunden geschehen ist, in meinem Gedächtnis aufzurufen. Nehme das Kissen, auf dem Caralina lag, in die Hand und rieche daran. Es duftet nach ihr. Alles hier in diesem Raum riecht nach ihr und ihrem Parfum, aber es übertrifft nicht ihren eigenen Duft. Ich weiß nicht, wie ich damit umgehen soll, dass ich mit ihr geschlafen habe. Ich weiß es einfach nicht. Aber ich weiß, dass ich ihr den Tag heute nicht mit diesen Gedanken und Gesprächen verderben darf. Sie soll sich auf das konzentrieren, was ihr so wichtig ist. Zu Recht. Ihre Familie. Also gehe ich runter, schaue mich kurz um, wende mich an Chloé und frage, ob sie da ist, was sie verneint.

»Sie holt ihre Tante und ihren Onkel vom Flughafen ab.« Ich nicke.

»Was bin ich schuldig?« Sie schaut mich fragend an.

»Das Zimmer.«

»Ihr werdet also nicht miteinander reden?«

»Heute nicht. Dieser Tag gehört ihr und ihrer Familie.« Wieder nickt sie.

»Sie sind ein guter Mann, Raven Barker, auch wenn ich Sie nicht kenne und von Caralina weiß, dass Sie sie für alles andere als einen Mann für sich hält. Tun Sie ihr nicht weh, denn das hat man ihr in der Vergangenheit so oft getan, und spielen Sie nicht mit ihr. Sie mag sehr stark wirken, aber Caralina hat eine Mauer um ihr Herz gebaut. Eine Art Panzer nach dem Tod ihrer Familie. Diese Rüstung hat ihr geholfen, die Zeit der Trauer zu überstehen. Aber sie hat vergessen, diese wieder Rüstung abzulegen. Wenn sie es täte, oder wenn es jemandem gelänge, ihr die Rüstung abzunehmen und sie dann verletzt, würde sie das zerstören. Deshalb Mr. Raven Barker. Wenn Sie nur mit ihr spielen wollen, suchen Sie sich bitte eine andere Frau dafür. Eine, die es aushält. Dann suchen Sie für Caralina einen anderen Job, weit weg von Ihnen.« Ich reiche ihr die Kreditkarte.

»Caralina wird die ganze Woche hier bleiben, buchen Sie alles bei mir ab. Richten Sie ihr bitte aus das Sie am Montag um acht Uhr im Büro sein soll.« Sie nickt.

»Wenn Sie mir noch ein Taxi rufen würden, und ich wäre dankbar für eine Tasse Kaffee und etwas zu essen.«

»Frühstück gibt es noch eine halbe Stunde. Bedienen Sie sich einfach am Buffet. Ich rufe Ihnen ein Taxi.«

»Danke.« Auf der Fahrt zum Flughafen kommt mir der Gedanke, dass ich Caralina vielleicht am Flughafen über den Weg laufen könnte. Aber ich verwerfe ihn schnell wieder. Sie ist im Ankunftsterminal und ich werde das Abflugterminal betreten. Nur eine Stunde später bin ich in der Luft. Es hat seine Vorteile, erster Klasse zu reisen, und ich reise nie anders. Schnell denke ich nach. Wenn ich an die gestrige Zugfahrt denke. Caralina kommt mir wieder in den Sinn. Warum nur habe ich mit ihr geschlafen und warum nur…? Scheiße! Am Donnerstag arbeite ich allein im Büro, telefoniere aber oft mit Saint, der die Sache in Seattle zum Glück wieder in Ordnung bringen kann. So leicht kann man die Barkers nicht betrügen. Auch wenn die Umstände diesmal sehr ungünstig für uns waren. Als er am Freitagabend erschöpft ins Büro kommt, habe ich ein schlechtes Gewissen, er sieht müde aus. Richtig fertig.

»Viel geschlafen hast du wohl nicht.«

»Nein habe ich tatsächlich nicht. Aber wenn du mir jetzt sagst, dass Caralina am Montag wieder hier ist, dann hat es sich gelohnt.« Ich nicke nur.

»Ich hoffe das Sie erscheint.«

»Du hoffst?«

»Ja.«

»Kennst du den Grund?«

»Ja. Vor vier Jahren sind ihre Eltern und ihr Bruder bei einem Brand ums Leben gekommen. Am Mittwoch hat sie eine Gedenkfeier organisiert. Ihre Tante und ihr Onkel, die sie damals sehr unterstützt haben, sind aus Vancouver angereist, und auch viele ihrer alten Freunde und Bekannten waren eingeladen.«

»Scheiße.«

»Ich habe mit ihr geschlafen.«

»Du hast was?« Saint sieht mich an. Ich kann nicht sagen, ob er entsetzt oder erfreut ist. Irgendwie habe ich das Gefühl, dass Letzteres der Fall ist. Das Telefon klingelt und unterbricht unser Gespräch. Ich muss rangehen, weil Caralina nicht da ist, und werde in ein Gespräch verwickelt, das länger dauert, als mir lieb ist. Saint geht. Erst am späten Nachmittag unterhalten wir uns wieder, vor allem über Seattle. Auf meinen Satz geht er nicht mehr ein. Darüber bin ich ehrlich gesagt froh, denn ich weiß selbst nicht, was ich davon halten soll. Kurz bevor ich nach Hause fahre, ruft mich Alina an und fragt, wo ich die letzten zwei Tage war und ob wir am Wochenende zusammen auf eine Party gehen. Zu der sie eingeladen ist und ich wahrscheinlich auch. Sonst wird man mich an der Tür bestimmt nicht abweisen. Niemand weist einen Barker ab. Man schätzt sich glücklich, wenn er zu einer Party erscheint. Von wem auch immer sie veranstaltet wird. Aber ich sage nein. Arbeitet tatsächlich auch am Samstag und Sonntag, will sich dafür revanchieren, dass Saint mich vertreten musste und auch das Debakel, das Norman anrichtete. Das wird uns noch eine Weile beschäftigen, da bin ich mir sicher. In der Nacht von Sonntag auf Montag schlafe ich schlecht. Ich träume viel und frage mich, wie ich Caralina begegnen soll, wie es weitergehen soll. Ob diese Nacht ... nur ein Ausrutscher war? Und wenn ja, wird sie das auch so sehen oder wird sie mich nun ...umgarnen, klammern. Wieder frage ich mich, war sie wirklich nur ein Ausrutscher und wenn nicht, was ist sie dann? Und wird sie überhaupt an ihrem Schreibtisch sitzen, wenn ich heute Morgen das Büro betrete? So viele Fragen. Zumindest über den letzten Teil hätte ich mir keine Sorgen machen müssen. Caralina sitzt wie jeden Morgen an ihrem Schreibtisch und arbeitet schon an irgendwelchen Papieren, die sie mir wahrscheinlich in ein paar Minuten zusammen mit einer Tasse Kaffee bringen wird. Ich stelle mich ans Fenster, denn wir müssen reden. Über das, was passiert ist. Sie klopft und auf mein »Herein« tritt sie ein. Sie schaut zum Schreibtisch und als sie mich dort nicht entdeckt, dreht sie den Kopf in meine Richtung. Als sie mich am Fenster stehen sieht und merkt, dass ich sie beobachte, zittert sie leicht. Sie stellt die Tasse ab und legt die Mappe auf meinen Schreibtisch. Steht einfach nur da.

»Schön, dass du gekommen bist. Ich bin gegangen weil ich dachte du willst den Tag alleine mit deinen Freunden verbringen, ohne an mich und das was passiert ist zu denken. Ich hoffe das ist dir gelungen.« Sie sagt nichts. Nickt aber leicht. Gerade als ich wieder etwas sagen will, ist sie es, die spricht.

»Es war sehr schön Raven.« Im ersten Moment weiß ich

nicht, was sie damit meint und mein verräterischer Schaft zuckt. Es würde ihm gefallen, wenn sie die Nacht meinte.

»Viele sind gekommen und ich bin sicher, meine Familie hat sich gefreut, wo auch immer sie jetzt sind.« Mein Schaft erschlafft wieder ein wenig. Sie hat nicht die Nacht gemeint. *Was denke ich mir nur? Und warum ist mir das so wichtig?* Sie hebt den Kopf, schaut mir in die Augen.

»Die Nacht mit dir, die war auch sehr schön.« Jetzt bin ich in Sekundenschnelle erregt. »Ich habe lange überlegt, ob ich heute kommen soll, weil ich nicht weiß, was du von mir erwartest. Dass ich so tue, als wäre sie nicht gewesen. Das ich nicht mehr darüber rede. Oder dass ich mit dir schlafe und gleichzeitig für dich arbeite, oder was willst du von mir Raven? Ich weiß nicht wie ich es deuten soll. War es nur eine Nacht, weil wir in einem Bett geschlafen haben, aus der Not heraus, hast du die Chance genutzt oder auch ich? Ich will dir die Schuld geben. Fällt es in die Kategorie One-Night-Stand? Wenn ja, dann ist es für mich in Ordnung, wenn es so war. Aber ich muss wissen, wie ich sie einordnen soll.«

»Was ist die andere Kategorie, Caralina?« Ich weiß nicht, warum ich Sie das frage. Und sehe sie dabei an.

»Ich weiß es nicht, Raven. Ich weiss nur, dass ich nicht der Typ bin, der mit sich spielen lässt. Ich mag dich sehr. Du bist ein guter Boss und ein sehr angenehmer und netter Mensch. Wie gesagt, ich mag dich, sonst wäre ich bestimmt nie mit dir im Bett gelandet und ich habe diese Nacht mit dir in sehr guter Erinnerung. Es gibt auch keine Entschuldigung dafür, dass ich nicht nein gesagt habe, weil wir nicht so viel Alkohol getrunken haben. Ich könnte sagen, dass ich emotional aufgewühlt und einsam war, aber auch das ist keine Entschuldigung. Ich fühlte mich an diesem Abend zu dir hingezogen. Sehr sogar und ich habe diese Nacht in deinen Armen sehr genossen. Aber ich weiß auch, dass es mit uns beiden nichts werden kann und dass eine Gespielin auf Zeit, die sich von dir aushalten lässt, die Vorteile genießen würde, die eine Beziehung mit dir mit sich bringt. So eine Frau bin ich nicht.« Leise sage ich.

»Du meinst du bist nicht wie Alina.«

»Bin ich auch nicht. Ich lasse mich nicht mit ihr vergleichen. Das wäre eine Beleidigung Raven.« Ich mache einen Schritt vom Fenster weg und gehe auf sie zu. Das Telefon klingelt vor der Tür und wird in wenigen Sekunden auf meinen Apparat umgeleitet. Als es klingelt, will sie nach dem Hörer greifen, aber ich lasse sie nicht. Ich berühre sie am Arm und das Kribbeln, das ich schon auf dem Friedhof gespürt habe, überkommt mich wieder. Sie spürt es auch, denn ihre Pupillen weiten sich ein wenig. Ich drehe sie zu mir und wieder treffen meine Lippen auf ihre. Sanft, ohne Hektik. Das Summen und Brummen in mir wird lauter und auch die Gewissheit, dass es stimmt. Dass dies nicht nur ein One-Night-Stand war, wie Caralina vermutete. Ich will mehr. Ich will sie besser kennen lernen. Vor allem will ich sie wieder in meinem Bett haben. Unbedingt. Bald. Wieder klingelt das Telefon, wieder klingelt es kurz darauf in meinem Büro. Hört aber schnell wieder auf. Ich küsse sie.

Erst als die Tür mit einem Ruck aufgeht, fahren wir erschrocken auseinander. Es ist Saint.

»Sorry. Ich wollte das nicht, aber ...« Caralina strafft sich und geht an Saint vorbei zu ihrem Schreibtisch.

»So gerne ich auch wüsste, was Ihr besprochen habt ...«

»Nichts. Wir haben nicht zu Ende geredet.«

»Aber Ihr habt euch geküsst.«

»Ja. Du wolltest etwas und bitte sag es nicht, Norman ...«

»Doch.«

»Der Typ entwickelt sich zu einer echten Plage und Bedrohung.«

»Du sagst es. Ruf die Anwälte an und vereinbare einen Termin mit ihnen. Am besten heute Nachmittag. Und hey, auch wenn ich euch unterbrochen habe. Kläre das mit Ihr. Und versau es nicht. Ich mag sie, das habe ich dir schon vor ein paar Tagen gesagt. Sie passt zu dir. Sehr gut sogar, auch wenn das bedeutet, dass du in naher Zukunft eine neue Caralina brauchst, die deinen Ansprüchen genügt. Denn ich würde dich für blöd erklären, wenn du deine Freundin hier den ganzen Tag schuften lässt. Genug geredet. Kümmere dich um sie.« Damit verschwindet er. Ich nehme die Mappe, die Caralina mir gegeben hat, unterschreibe alles und schaue mir die Post an. Dann gehe ich zu ihr. In der Hand den Kaffee, der längst kalt geworden ist.

»Kann ich noch einen haben? Und Caralina. Lassen wir es auf uns zukommen. Lass es uns langsam angehen. Du warst kein One-Night-Stands, aber ich habe meine Dämonen. Und einer davon ist, dass ich mir geschworen habe, keine Beziehung mehr einzugehen. Deshalb der Escort-Service. Ich weiß, dass ich mich mit Alina getroffen habe, die dort nicht mehr arbeitet… und jetzt habe ich mit dir geschlafen. Langsam, Caralina. Können wir das so belassen? Und … vielleicht können wir am Samstag wieder joggen gehen?« Sie sieht mich an und nickt.

CARALINA

Wir küssten uns. Wieder und es war ... erneut wundervoll. Aber irgendwie hat sich nichts geklärt. Langsam. Er will es langsam angehen und Saint, er hat es gesehen. Ich sitze an meinem Schreibtisch und arbeite, so gut ich kann. Und ich lasse nicht zu, dass ein Gedanke an das Geschehene meine Arbeit behindert. Erst nach sieben Uhr schalte ich meinen Computer aus und verlasse das Büro. Es war viel los. Saint und Raven saßen lange mit den Anwälten zusammen. Alina war auch da. Ich hasse diese Frau, ihre herablassende Art, als sie mir quasi befahl, ihr einen Kaffee zu bringen. Etwas, das nicht einmal meine Arbeit ist. Natürlich ist es etwas, das ich tue, und ich tue es auch gerne für Raven und seine Besucher, nur für Alina, diese rothaarige Teufelin, tue ich es unglaublich ungern. Aber ich schäme mich nicht, auch diese Aufgabe erledige ich, wie es sich gehört. Sie sitzt fast auf

Ravens Schoß, als ich das Büro betrete. Berühre ihn und es kocht in mir, obwohl es keinen Grund dazu gibt. Ich habe keine Rechte an Raven. Er will mit mir joggen gehen, aber erst Ende der Woche, mit ihr aber geht er essen, gut, nicht nur mit ihr, auch mit Saint und den Anwälten, aber ich frage mich trotzdem, was danach passiert. Gehen sie zusammen nach Hause? Werden sie die Nacht miteinander verbringen? Eifersucht macht sich in mir breit. Ein Gefühl, das ich nicht kenne. Das neu für mich ist und doch ... wenn ich ehrlich bin, begleitet es mich schon lange. Nur jetzt ist es beißend und ätzend wie eine Säure. Ständig tropft es in mein Herz und verursacht schreckliche Schmerzen. Am liebsten würde ich die heiße Tasse Kaffee fallen lassen, natürlich auf sie. Solche Gedanken sind mir völlig neu. Aber wenn ich sie ansehe. Wo sie ihre Hände hat, dann ... Er will nur mit mir joggen gehen. Aber dann denke ich an die Nacht, die ich mit ihm verbracht habe. An die Gefühle, die er in mir ausgelöst hat. An seinen Blick, als er ... Von mir selbst genervt, gehe ich später nach Hause. Ich esse etwas und telefoniere mit Chloé. Sie ... sie fragt nach ihm, aber ich kann ihr keine befriedigende Antwort geben, weil ich sie nicht kenne. Sie hat natürlich gehört, was in der Nacht passiert ist und auch, dass er weg ist. Später liege ich noch lange wach und in meiner Vorstellung liegt Raven mit IHR im Bett und ... irgendwann schlafe ich unruhig ein und wache völlig gerädert wieder auf. Es dauert an diesem Morgen lange bis ich die dunkelten Augenringe abgeschminkt habe. Ich, die sich so ungern voll mit Make-up pflastert, muss heute wirklich dick auftragen, um einigermaßen frisch auszusehen. Der Tag verläuft wie der vorige und der nächste auch. Wir reden kaum über Privates. Raven küsst mich auch nicht mehr. Ich vermute, das liegt daran, dass er und Saint wieder viel mit den Problemen zu tun haben, die Norman verursacht hat. Sie sehen beide gestresst aus und ich höre nur, wie Saint zu Raven sagt.

»Lass uns das ein für alle Mal klären. Wir können nicht ständig ein Problem nach dem anderen lösen. Das lähmt uns. Er schnappt uns Firmen weg, die du seit Jahren beobachtest, er stiehlt Gebäude aus unserem Portfolio, die wir vermietet haben. Das ist hochgradige Betriebsspionage und das werden wir jetzt gerichtlich klären lassen. Wir sind das falsch angegangen, auch weil wir das Ausmaß nicht erkannt haben. Wir haben bisher in jedem einzelnen Fall unsere Anwälte eingeschaltet und wir haben starke Gegner. Aber damit ist jetzt Schluss. Wir werden das anders regeln. Auch Saints Dad und Ravens Dad sind in diesen Tagen oft in der Firma. Die geballte Macht der Barkers. Es wird ein Paukenschlag, wenn die Anwälte, von denen es einige gibt, gegen das, was Norman angerichtet hat, vor Gericht ziehen. Die Barkers haben eine gut gefüllte Kriegskasse, wie mir Nelly scherzhaft, aber mit sehr ernstem Unterton in der Stimme erzählt. Sie sagt auch, dass sie Saint noch nie so wütend gesehen hat. Ich dagegen konzentriere mich irgendwie ganz auf mich. Das muss ich auch. Denn sonst würde ich … Freitag. Raven hat sich noch nicht dazu geäußert, ob er morgen wirklich mit mir joggen gehen will, also sozusagen ein Date mit mir hat. Ist das ein Date? Ich traue mich nicht, ihn darauf anzusprechen. Er sieht gestresst aus und ich weiß, dass er diese Woche nicht nur einmal heftige Kopfschmerzen hatte. Eine Runde Joggen an der frischen Luft würde sicher helfen. Trotzdem ... als es auf Freitagabend zugeht, also Feierabend, und er immer noch nichts gesagt hat, weiß ich nicht, wie ich das einschätzen soll. Also... ich will gerade gehen und mich verabschieden, da kommt er aus dem Büro auf mich zu.

»Caralina?«

»Ja.« Er ist müde, merke ich.

»Das mit dem Joggen ...«

»Schon gut, du siehst müde aus. Bis Montag.«

»Nein, du verstehst das falsch. Ich ... ja es war wirklich Horror diese Woche aber das bedeutet nicht das ich nicht ... aber joggen packe ich nicht. Können wir nicht einfach ein bisschen spazieren gehen? Frische Luft würde mir gut tun und danach was essen?« In meinem Bauch kribbelt es. Freude erfüllt mein Herz nur bei diesen wenigen Worten. Ich schlucke, weil ich im Moment nichts sagen kann. Aber nicke und mit einem Lächeln auf den Lippen flüstere ich leise.

»Sehr gerne, Raven.« Er lächelt.

»Dann hole ich dich morgen gegen ... fünfzehn Uhr ab?« Mein Herz macht einen Sprung, ich freue mich.

»Sehr gerne. Aber Raven, wenn du nicht willst.« Er winkt ab und geht zurück in sein Büro. Gut, ich kann jetzt nicht sagen, ob er sich auf den Nachmittag freut oder ob es nur eine Art Pflichtveranstaltung für ihn ist, aber … ich freue mich.

RAVEN

Die Woche war der Horror und gleichzeitig habe ich ein immens schlechtes Gewissen Caralina gegenüber, nicht nur, auch Saint gegenüber. Ich arbeite wie verrückt, schone mich nicht, denn schließlich bin ich schuld an diesem Desaster, obwohl das nicht stimmt. Alina ist die ganze Woche an meiner Seite und mit Caralina spreche ich kaum ein Wort. Im Gegenzug überschütte ich sie mit Arbeit. Und Alina behandelt sie zudem wie eine Bedienstete. Es ist alles falsch, doch ich kann mich nicht an allen Stellen richtig verhalten, mich zerreißen, das geht nicht. Ich weiß, dass ich Caralina verletze, wenn ich mit Saint und den Anwälten, also auch Alina, abends oder mittags zum Essen gehe und sie nicht mal eines Blickes würdige, irgendwie. Abends, wenn ich nach Hause komme, arbeite ich noch bis spät in die Nacht, obwohl ich viel lieber neben ihr liegen und mich mit ihr unterhalten würde, auch ihre Meinung hören möchte. Das sind alles Gedanken, die ich in all den Jahren nie hatte. Es klingt so bodenständig. Nach Mildred habe ich immer alles mit mir selbst ausgemacht. Aber die geballten Probleme, die in diesen Tagen auf mich einprasseln, die bringen mich wirklich zum Nachdenken, wenn ich die Zeit dazu finde. Ich finde sie nachts, was wiederum bedeutet, dass ich nicht schlafe. Ein Kreislauf, den ich gut ein paar Wochen aushalten kann. Ich bin noch jung, aber so stelle ich mir mein Leben nicht vor. Normalerweise bin ich um diese Jahreszeit wie Saint mindestens einmal auf St. Barth in der Ferienvilla der Familie gewesen. Sonne und Kraft tanken. Dort arbeite ich auch, lasse es aber etwas ruhiger angehen. Aber das schaffe ich in diesen Wochen nicht. Der Gedanke an Caralina schießt mir durch den Kopf. Sie mitzunehmen und gemeinsam eine Woche dort zu verbringen, das kann man sicher nicht langsam nennen, aber es wäre eine Möglichkeit, sie besser kennen zu lernen. Mit ihr zu reden, ohne dass jemand in der Nähe ist, zu chillen oder ... Ich stöhne. Schaue auf die Uhr. Sie macht bestimmt bald Feierabend, also stehe ich auf und gehe zu ihr. Lächle.

»Sorry Caralina diese Woche war zum Kotzen. Das mit dem Joggen das ...« Ich sehe an ihrem Gesicht, dass sie denkt, dass ich unser Date absagen will, aber das ist nicht der Fall.

»Nicht joggen Caralina. Ich habe an etwas Ruhigeres

gedacht. Spazieren gehen? Das Wetter soll gut sein und danach etwas essen? Ich sollte Sport treiben, aber ich schaffe es nicht.« Ein Lächeln huscht über ihr Gesicht und in mir kribbelt es.

»Gut, dann hole ich dich gegen fünfzehn Uhr ab.« Mit diesen Worten verschwinde ich wieder in meinem Büro. Mein Tag wird noch nicht so schnell zu Ende sein, ich muss noch einige Dokumente diktieren, die Caralina dann am Montag bearbeiten kann. Als ich den PC herunterfahre, ist es draußen dunkel. Ein Blick auf die Uhr verrät mir, dass es kurz vor Mitternacht ist. Mein Magen knurrt, aber ich werde heute wohl nichts Besonderes essen. Ich könnte zu meinen Eltern gehen. Die Haushälterin würde mir sicher noch etwas zubereiten, aber Sofia steht kurz vor der Rente und ich möchte nicht, dass sie um diese Zeit meinetwegen in der Küche steht. Ich selbst habe nur eine kleine Wohnung. Viel mehr brauche ich nicht. Natürlich könnte ich mir auch etwas Besseres leisten, aber was? Ich bin seit Jahren mit meiner Arbeit verheiratet. Und wenn ich eines nicht mag, dann nach Hause zu kommen und eine fremde Person vorzufinden. Nein, ich habe keine Haushälterin. Die Putzteufel meiner Eltern kommen zweimal die Woche, aber mehr will ich in meiner Wohnung nicht sehen. Ich habe keine Familie und ich glaube auch nicht, dass ich je eine haben werde. Caralina kommt mir in den Sinn. Alina gefällt die Wohnung nicht. Das weiß ich, aber sie sagt es nicht laut, denn das wäre selbst für sie in ihrer Position zu frech. Aber ich kann ihren Blick lesen. Die Wohnung ist ihr viel zu klein. Aber mein Zuhause muss ihr ja nicht gefallen. Was Caralina wohl dazu sagen würde? Als ich die Firma verlasse und mir ein Taxi rufen will, spüre ich etwas, womit ich wirklich nicht gerechnet habe. Ein Messer oder eine Pistole wird in meinen Rücken gehalten und eine Stimme flüstert.

»Ich will Ihre Brieftasche, Sir.«

»Sie ist leer.« Ich will nach meiner Jacke greifen, doch der Druck auf meinen Rücken wird stärker.

»Machen Sie keine Dummheiten.«

»Das habe ich nicht vor. Sie wollten die Brieftasche und die steckt in meiner Manteltasche.«

»Ach, einer, der das lustig findet.«

»Sicher nicht.« Langsam hole ich meine Brieftasche heraus. Viel Bargeld ist wirklich nicht drin. Er nimmt es und zieht nur meine schwarze Kreditkarte heraus.

»Nicht schlecht, dann wollen wir mal.«

»Was meinen Sie?« Er drängt mich, die Straße entlangzugehen. Verdammt. Was hat er vor? Wir laufen bis zum nächsten Block, wo es eine Bank gibt. Vor allem, wie ich feststelle, ein Geldautomat. Jetzt wird mir klar, was er vorhat, und ich kann nicht umhin, ihm sogar eine gewisse Cleverness zuzugestehen.

»Rein. Abheben.« Ich versuche ihm klar zu machen, dass mein Limit nicht besonders hoch ist, aber er scheint mich zu kennen.

»Verarschen Sie mich nicht. Los, heb so viel ab, wie du

kannst.« Widerwillig, aber ohne Gegenwehr, denn ich will weder eine Kugel noch ein Messer im Rücken haben. Diese Woche ist einfach zum Kotzen. Ich hebe für den Kerl 5000 Dollar ab. Er nimmt sie mir ab und sagt nur: »Und jetzt noch mal dasselbe.« Wie gesagt, er ist clever. Ich gebe den Befehl noch einmal ein und dann noch einmal. Leider habe ich das Pech, dass um diese Zeit niemand in der Bank ist und der Kerl hinter mir scheint das auch zu wissen. Nachdem er 20.000 Dollar hat und der Automat auch nicht mehr ausspuckt, sagt er noch.

»Danke, Mister.« Gleichzeitig spüre ich, wie mir ein heißer Schmerz in den Rücken fährt. Ich stöhne und sinke auf die Knie. Sofort bin ich benommen und bekomme plötzlich keine Luft mehr. Er hat ... Ich falle nach vorne und meine Konzentration ist nur noch darauf gerichtet, Luft in meine Lungen zu bekommen. Vor meinem inneren Auge sehe ich Caralina. Unsere Verabredung, die morgen gewesen wäre, und dann wird es schwarz um mich herum. Ich wache auf, als ich eine Stimme höre, die ich kenne.

»Raven mein Freund, komm und öffne deine Augen für mich. Du bist in Sicherheit. Hey mein Freund, streng dich an. Du hast Besuch und alle machen sich Sorgen um dich.« Ich habe keine Ahnung, was er meint. Aber die Augen zu öffnen, das ist nicht so einfach, wie ich es mir vorgestellt habe. Jemand stöhnt und ich frage mich, wo ich bin. Und wer ...

»Sehr gut. Jetzt öffne deine Augen, damit ich dir sagen kann, dass du überleben wirst.«

»Überleben?« Ich habe keine Ahnung, was Joshua, zu dem diese Stimme gehört, sagen will. Meine Augenlider flattern und das grelle Licht blendet mich. So viel Weiß, wieder stöhnt jemand.

»Sehr gut mein Freund.« Ich bin müde, es fällt mir schwer zu atmen, aber ich versuche noch einmal, die Augen zu öffnen, und diesmal klappt es sogar. Und ich erkenne Joshua vor mir.

»Sehr gut, Raven. Du Siehst verwirrt aus. Am besten ich bringe etwas Licht ins Dunkel, oder? Du wurdest überfallen, als du das Büro verlassen hast. Das war übrigens viel zu spät. Ein Mensch braucht auch mal Ruhe. Der Typ war so nett, dich zum Geldautomaten zu begleiten und nachdem er dich um viele Dollars erleichtert hat, hat er dir ein Messer in den Rücken gerammt. Ich glaube, er hatte Angst, dass du ihm folgen würdest, unglücklicherweise hat er deinen rechten Lungenflügel getroffen und das Atmen fiel dir ziemlich schwer. Raven, du hast verdammtes Glück gehabt. Denn eine Krankenschwester hat gesehen, dass du Probleme hattest. Sie hat richtig reagiert und ich würde mich freuen, wenn du ihr deine Dankbarkeit zeigen würdest, auch wenn sie das sicher nicht erwartet. Sie hat dafür gesorgt, dass der Notarzt kam und hat dir geholfen zu atmen. Die Police hat deine Eltern angerufen und die haben mich natürlich informiert. Ich habe dafür gesorgt, dass du hierher gebracht wurdest. Wir mussten dich operieren, das Loch schließen, aber jetzt geht es dir gut. Ein paar Tage Ruhe und du wirst dieses Abenteuer in schlechter Erinnerung behalten. Du hast übrigens Besuch von deiner Freundin, sie ist draußen im Wartezimmer.« Fragend schaue ich ihn an.

»Diese rothaarige Raubkatze.« Ich schließe die Augen.

»Soll ich aus diesem Blick schließen, dass ich sie lieber nicht zu dir lassen soll?« Mit einer warmen Stimme, die ich selbst nicht wirklich kenne, sage ich zu Joshua.

»Ja.«

»Interessant, denn sie sitzt bei deinen Eltern und ich habe das Gefühl, dass sie eigentlich schon zur Familie gehört.«

»Tut sie nicht. Aber ... meine Eltern.«

»Ich kümmere mich darum.« Kurz darauf kommt meine Mum ins Zimmer. Sie sieht besorgt aus, aber Joshua scheint ihr gesagt zu haben, dass es mir besser geht.

»Hallo mein Junge. Du hast mich erschreckt. Oder uns. Wann wolltest du uns eigentlich deine hübsche Freundin vorstellen? Sie sagt, ihr seid schon eine Weile zusammen. Das freut mich für dich mein Sohn«. Ich greife nach ihrer Hand, will etwas sagen, komme aber nicht dazu. Mein Dad kommt durch die Tür, Alina im Schlepptau. Ich schließe die Augen, denn ... ja, ich habe auch Joshua gesehen, der mir ein Sorry zuflüstert. Da ich anscheinend krank oder verletzt bin, tue ich einfach, was ich kann. Ich schließe die Augen und lasse den Kuss, den Alina mir aufzwingt, über mich ergehen. Ich weiß nicht, wie lange sie an meinem Bett sitzen, aber es kommt mir viel zu lange vor. Eine Krankenschwester betritt immer wieder das Zimmer und zu mir ans Bett. Ich tue wirklich alles, damit mein Blutdruck steigt, ich bin wütend und versuche, die Werte so zu verändern, dass sie nicht mehr stimmen. Meine Eltern tun mir leid, aber ich will allein sein. Ich will nachdenken, aber vor allem will ich, dass Alina verschwindet. Ich will ... Caralina kommt in den Sinn, unsere Verabredung. Wie lange bin ich schon hier? Was für ein Tag ist heute? Joshua hat vergessen, es mir zu sagen. Anscheinend rege ich mich doch etwas zu sehr auf oder die Besuchszeit ist zu Ende und obwohl Alina meint, als meine Freundin am Bett sitzen bleiben zu müssen, wird sie von Joshua nach draußen begleitet. Etwa zehn Minuten später betritt er wieder das Zimmer.

»Alles in Ordnung?«

»Nein.«

»Kann ich irgendwas für dich tun?«

»Ja, was für ein Tag ist heute?«

»Sonntagabend.« Ich stöhne, denn ich habe Caralina sitzen lassen, wenn auch nicht absichtlich. Sie wird denken, ich hätte es getan. »Wann kann ich nach Hause?«

»Dienstag, nicht früher. Ich will sicher sein, dass deine Lunge gut funktioniert. Wie gesagt, die Verletzung war nicht schlimm, aber sie kann tödlich sein. Keine Luft zu bekommen ist nicht gut für die Gesundheit, genauso wenig wie eine Lungenembolie. Alles Dinge, die auch einem kräftigen jungen Mann in den besten Jahren passieren können und die dazu führen, dass man auf dem Central Friedhof in New York seine letzte Ruhe findet. Und das ist kein schwarzer Humor, das ist eine Tatsache«. Joshua kann Ehrlichkeit ganz gut in Humor verpacken, stelle ich fest.

»Hat der Typ auch mein Handy geklaut?«

»Nein, es liegt in deiner Nachttischschublade. Aber wehe, du arbeitest. Dann nehme ich es dir persönlich weg.«

»Keine Sorge, nur eine kleine Nachricht.«

CARALINA

Ich schaue auf die Uhr. Es ist schon nach 15 Uhr. Er ist nicht gekommen. Ich hätte es mir denken können, aber ich hatte wirklich gehofft, dass er kommt. Er hat mir auch keine Nachricht geschickt, dass er sich verspätet oder verhindert ist. Nichts. Enttäuscht ziehe ich mich wieder um und mache es mir auf der Coach bequem. Lese ein Buch. Oder versuche, ein Buch zu lesen. So richtig konzentrieren kann ich mich nicht. Nach einer halben Stunde gebe ich auf und zappe durchs Fernsehprogramm. Bleibe bei einem Liebesfilm hängen. Ein Millionär und seine Angestellte. Wie lächerlich. Ich schaue ihn mir trotzdem an. Gegen 22 Uhr gehe ich ins Bett und schlafe unruhig ein. Am nächsten Morgen fällt mein erster Blick auf mein Handy, immer noch keine Nachricht von ihm. Enttäuschung macht sich in mir breit. Ja, ich hatte gehofft, dass er mich wirklich näher kennen lernen will. Dass sein

Gerede von ich bin anders und er will mich kennenlernen, dass ich kein One-Night-Stand war, dass ich ihm geglaubt habe. Ich dumme Kuh. Mit jeder Minute werde ich wütender und ziehe meine Jogginghose an. Renne los und verausgabe mich. Stelle mich danach unter die Dusche und mache mir einen gemütlichen Nachmittag. Aber die Wut brodelt noch immer in mir. Wie auch nicht. Doch gegen zwanzig Uhr kommt eine Whatsapp-Nachricht. Sie ist von ihm, das höre ich am Klingelton. Ich bin versucht, sie nicht zu lesen, aber die Neugier ist natürlich größer. Als ich sie lese, schlägt mein Herz schneller. Ich lese sie wieder und wieder und weiß nicht, was ich tun soll. Ich schlucke, ziehe mich an und schaue hinaus. Es ist schon dunkel. Trotzdem muss ich mich vergewissern, dass es ihm gut geht. Ich rufe ein Taxi, das zwanzig Minuten später vor meiner Tür steht. Es bringt mich ins Krankenhaus. Dort lässt man mich nur ungern rein, aber als ich sage, dass ich die persönliche Assistentin von Mr. Barker bin und noch Informationen oder Anweisungen für den morgigen Tag brauche, lässt man mich wenigstens bis zur Station vor. Gerade als ich eintreten will, kommt mir SIE entgegen.

»Was machst du denn hier?« Sind ihre ersten Worte an mich. Ich bin zunächst irritiert über ihren barschen Tonfall. Nicht nur, dass sie hier ist. Ravens Eltern kommen auf uns zu.

»Mrs. Barker, ich bin Caralina die Assistentin ihres Sohnes. Er hat mir eine Nachricht geschickt, dass er mich kurz sehen muss.«

»Ich glaube nicht, dass das möglich ist. Raven braucht Ruhe.« Meint Alina. Ich wende meinen Blick nicht von Ravens Dad ab. Wenn er Nein sagt, habe ich keine Chance. Wenn er auf Alina hört. Sie sitzt am längeren Hebel. Trotzdem hätte ich ihn gerne gesehen und ja, ich habe gelogen, als ich sagte, dass er mich sehen will. Doch Ravens Dad wendet sich an Alina.

»Wenn er sie sehen will, Alina, er ist kein kleines Kind und kann selbst entscheiden.« Sie schaut mich angespannt an.

»Dann begleite ich dich.« Sie dreht sich um und geht den Gang entlang, den sie gerade gekommen ist. Als wir außer Hörweite von Ravens Eltern sind, zischt sie mir zu.

»Du kannst Ihn vielleicht täuschen, aber glaube nicht, dass ich dich nicht längst durchschaut habe. Mach dir keine Hoffnungen, Raven gehört mir!« Ich lasse mich auf keine Diskussion ein. Sie öffnet die Tür und kommt ins Zimmer. Raven schaut uns an. Ich meine zu sehen, wie sich seine Augen vor Überraschung und Freude ein wenig weiten, als er mich erkennt.

»Liebling, es tut mir leid, dass ich deine Angestellte nicht davon abhalten konnte, zu dir zu kommen. Aber sie sagte, du wolltest sie sehen.« Raven schaut mich an, dann Alina.

»Das ist richtig. Wenn du uns allein lassen würdest.« Sie erstarrt. Nickt aber und geht hinaus. Ich bleibe einfach stehen. Schaue ihn an. Er ist es, der zuerst spricht.

»Der Typ war nicht nett zu mir. Es tut mir leid, dass ich

dich versetzen musste und das mit Alina - sie hat sich meinen Eltern als meine Freundin vorgestellt. Ich hatte noch nicht die Kraft das richtig zu stellen. Ich ...« Leise fügt er hinzu.

»Komm näher.« Als ich an seinem Bett stehe, sehe ich, wie müde er ist. Wie blass seine Haut ist. Ich habe das Bedürfnis, ich weiß nicht, warum, aber ich beuge mich zu ihm hinunter und küsse ihn zärtlich. Er erwidert den Kuss. Mir kommen die Tränen. Erst jetzt löst sich die Anspannung, die in mir war, seit ich seine Nachricht gelesen hatte.

»Ich habe mir solche Sorgen um dich gemacht. Was machst du nur?«

»Ehrlich gesagt konnte ich nichts dafür. Ich habe einfach nicht damit gerechnet, dass mich jemand vor dem Bürogebäude erwischt. Wir werden die Sicherheitsvorkehrungen erhöhen müssen und ich bin ehrlich, ich hasse das. Saint ist der gleichen Meinung, aber wir werden uns etwas einfallen lassen.«

»Geht es dir jetzt besser oder wird das gesundheitliche Folgen haben?«

»Joshua will mich noch ein paar Tage hier behalten. Er hat was von Thrombosen und irgendwelchen Friedhöfen erzählt, das hat mich ehrlich gesagt ziemlich nervös gemacht. Caralina?«

»Hm.«

»Küss mich noch mal, bitte.« Kaum berühren meine Lippen die seinen, klopft es an der Tür und Sekunden später öffnet sich diese. Joshua betritt das Zimmer.

»Besuch? Und dann auch noch Damenbesuch? Tztzt, wenn das Schwester Emely mitbekommt.« Er zwinkert mir zu.

»Hallo Caralina.« Er schaut auf Ravens Hand, die meine umfasst, und nickt wieder.

»Deshalb wolltest du die rothaarige Katze nicht sehen. Ich lasse euch jetzt allein. Caralina, bitte nicht zu lange, er muss sich wirklich schonen.«

»Ich ... ich komme mit dir. Ich wollte nur mit eigenen Augen sehen, dass es ihm ... dir gut geht. Keine Sorge, ich werde die Termine für die nächsten Tage absagen und mit Saint sprechen. Pass auf dich auf. Und ...« Leise füge ich hinzu.

»Vielleicht können wir unsere Verabredung nachholen.«

»Sicher. Schreib mir, wenn was ist, Caralina.« Ich nicke und verlasse den Raum. Draußen steht Alina. Ich gehe an ihr vorbei und verlasse das Krankenhaus. Bin erleichtert, dass es ihm einigermaßen gut geht. Und auch, dass er sich ein paar Tage ausruhen muss. Das wird ihm sicher gut tun, auch wenn Saint jetzt wieder die volle Ladung Arbeit abbekommt. Aber so ist das nun mal, wenn man einen Betrieb zu führen hat. denke ich mir. Zurück in meiner Wohnung gehe ich kurz unter die Dusche und dann ins Bett. Ein letzter Blick auf mein Handy zeigt mir den Eingang einer weiteren Nachricht von Raven.

»Schlaf gut Caralina. Ich habe mich sehr gefreut, dass du gekommen bist. Die Sache mit ihr - ich kümmere mich darum. Versprochen, aber ich hatte heute keine Kraft.«

Nachdenklich lege ich das Handy beiseite und schlafe kurz darauf tief und fest ein. Ich bin früh im Büro, weil ich einige Dinge regeln, Termine verschieben und absagen muss. Als Saint kommt, gehe ich mit Nelly zu ihm und wir besprechen, wie wir die Lücke, die Raven für ein paar Tage hinterlässt, füllen können. Saint sieht müde aus. Auch er ist gestresst wenn die leidige Sache mit Norman endlich vom Tisch ist, sind wir hier alle froh und atmen tief durch. Kaum habe ich diese Worte gedacht, sagt Saint.

»Wenn das hier vorbei ist, fliegen wir für mindestens eine Woche nach St. Barth.« Nelly lächelt und meint.

»In dem Fall wäre ich dafür, dass wir diesem Kerl und den Probleme die wir mit ihm haben schnellstmöglich in den werten Hintern treten. Ich war noch nie auf St. Barth.« Saint schaut zu Nelly, die ihm zuzwinkert. Sie lacht.

»Keine Sorge, Mr. Barker, ich habe schon verstanden, was Sie gemeint haben, aber es hat einfach so schön gepasst.« Sie dreht sich um und verlässt ihr Büro. Ich will ihm folgen, aber Saint hält mich zurück.

»Wie geht es ihm?« Dass er mich das fragt, irritiert mich zunächst, aber dann ...

»Er ist angeschlagen, aber er wird wieder. Er wird gut versorgt. von Alina, die sich seinen Eltern als Freundin vorgestellt hat. Ich ... ich muss jetzt arbeiten«. Ich sehe nicht, dass Saint mich nachdenklich anschaut.

RAVEN

Am nächsten Morgen geht es mir viel besser. Ich habe auch gut geschlafen, was sicher daran liegt, dass Caralina mich noch besucht hat. Und ihr Kuss. Ich habe von ihr geträumt und bin mir ganz sicher, dass ich mit einem Lächeln auf den Lippen aufgewacht bin. Ihr Duft war in meiner Nase oder zumindest die Erinnerung daran. Aber der Krankenhauslärm lässt mich nicht schlafen. Lange vor sechs Uhr kommt die Krankenschwester in mein Zimmer. Misst meinen Blutdruck und notiert alles Mögliche. Entfernt auch ein Detail das mir tatsächlich entgangen ist und von dem ich, wenn ich ehrlich bin, froh bin, dass diese Sache zügig erledigt ist. Danach hilft sie mir aufzustehen, damit ich mich im Bad waschen kann. Aber danach falle ich völlig erschöpft wieder ins Bett.

»Das sind die Nachwirkungen der Narkose, Mr. Barker, Sie werden sehen, in ein paar Stunden geht es Ihnen schon viel besser. Dr. Alistair wird sich die Wunde später ansehen, dann werde ich auch einen neuen Verband anlegen, bis dahin bitte ich Sie, im Bett zu bleiben und …« Sie macht eine Pause. »Wenn Sie so nett sind und uns Schwestern nicht noch mehr Arbeit machen.« Sie zwinkert mit den Augen, um ihren Worten die Schärfe zu nehmen. Sie ist mir schon gestern aufgefallen mit ihrer Fröhlichkeit und wie sie mit den Patienten und mir umgeht. So wie Joshua seine Diagnose mit schwarzem Humor untermalt, tut sie das auch mit einem Tadel, den sie mit einem Lächeln im Gesicht gut verpackt. Eine nette Art. Bemerke ich, und sie sieht hübsch aus. Wieder wird mir klar, dass ich sie auch gerne näher kennenlernen würde. Mich mit ihr einmal über Gott und die Welt unterhalten würde und das … nicht, weil ich sie auf einer sexuellen Ebene kennenlernen möchte. Ich stelle fest, dass es tatsächliche Frauen gibt, die nicht in der Upper Class gibt, die nicht einem gewissen gehobenen Standard angehören, und diese doch verdammt nett sind. Wie abgehoben ich doch in den letzten Jahren war. Ich verstehe immer mehr, was Saint damit meinte, als wie mal darüber geredet haben, dass er Holly nie auch nur einen zweiten Blick zugeworfen hätte, wenn er ihn dieser Boutique einkaufen gewesen wäre. Traurig, aber wahr. Ich schüttle den Kopf und denke an Alina. Daran, wie ich sie am besten loswerde. Und ich muss sie loswerden. Nicht, weil ich Caralina mit ihr verärgere, sie damit verletze, vor allem ist Alina nicht die Frau, die ich an meiner Seite haben will. Mit der ich mir eine Zukunft vorstelle. Meinen Eltern zu sagen, dass sie meine Freundin ist, das war so übergriffig. Sie weiß genau, dass ich das nicht gutheiße. Ich lausche den Geräuschen, dem Klappern auf dem Flur und bin fast froh, als ein Tablett vor mir steht, denn mein Magen knurrt. Er wollte schon am Freitagabend etwas zu essen, und seitdem habe ich nur Flüssiges in die Venen gepumpt bekommen. Der Kaffeeduft, der mir in die Nase steigt, erinnert mich an den Nachmittag oder Abend mit Caralina im Café. Als ich den ersten Schluck nehme, verziehe ich angewidert, gut das ist jetzt nicht richtig, aber zumindest nicht lustvoll, mein Gesicht, ob des sehr guten Aromas und Geschmackes. Es ist schrecklich, aber durch das wenig enthaltene Koffein weckt es die Lebensgeister und das ist nicht schlecht. Dazu gibt es Müsli, Obst und etwas, das wie eine Scheibe Brot aussieht. Ich esse alles leer. Denn ja, ich habe Hunger und überlege nicht lange. Als ich den letzten Bissen heruntergeschluckt habe, betritt Joshua mit einigen Assistenzärzten und Schwestern den Raum. Ein ganzer Trupp, um genau zu sein, stürzt sich auf mich. Ich komme mir vor wie ein Insekt, das … Joshua rattert Worte herunter, die ich nur halb verstehe, lächelt mich an, als er meinen Gesichtsausdruck bemerkt. Aber er hört nicht auf. Die Ärzte und Schwestern nicken und machen sich Notizen. Ich will gar nicht wissen, was für welche. Dann hilft mir eine Schwester, mich auf die Bettkante zu setzen und nimmt mir den Verband ab. Wieder spricht Joshua. Berührt ab und zu die Haut um die Einstichstelle und nach gefühlten zwei Sekunden bittet er die Schwester, die Wunde wieder zu verbinden. Verabschiedet sich und die Gruppe verlässt den Raum.

»Was war das denn jetzt?« Die Schwester lacht.

»Visite. Sie gehen jetzt von Zimmer zu Zimmer. Ich glaube, in einer halben Stunde wird Dr. Alistair wieder nach Ihnen sehen.« Ich schüttle nur den Kopf.

»Die Wunde sieht gut aus. Aber die Fäden können erst in zehn Tagen gezogen werden, bis dahin sollten Sie nicht duschen.«

»Shit.«

»Es gibt noch eine andere Möglichkeit. Die Sache mit dem Waschlappen, erinnern Sie sich?« Wieder dieser nette Humor. Ich muss lachen. Sie hilft mir noch in einen frischen Schlafanzug, den mir meine Mum mitgebracht hat, und tatsächlich fühle ich mich wieder viel besser. So gut sogar, dass ich am liebsten einfach nach Hause gehen und mich ins Bett legen würde. Als ob sie meine Gedanken erführe, sagt sie: »Nicht übermütig werden. Sie haben immer noch eine gewisse Menge an Schmerzmitteln intus, ohne diese wohltuenden Tropfen würde es Ihnen noch viel schlechter gehen. Ruhen Sie sich etwas aus, ich vermute Ihr Besuch wird nicht mehr lange auf sich warten lassen.« Dass ich bei ihren Worten leise stöhne und leise meine.

»Leider.« Sie sieht mir in die Augen.

»Sie wollen damit sagen, dass ich dafür sorge tragen soll, dass man Sie in Ruhe lässt? Oder anders gesagt, nicht zu lange besucht?« Lachend antworte ich:

»Meine Mum würde das sicher nicht gutheißen.«

»Aber es würde Ihnen trotzdem gefallen?« Es klopft

und ich komme nicht mehr dazu ihr zu antworten, denn Joshua kommt schneller ins Zimmer als sie gesagt hat.

»Alles in Ordnung, Raven?«

»Wann kann ich nach Hause?« Die Schwester lacht leise. Joshua sieht sie an.

»Das ist der Fluchtreflex. Ich habe ihn von seinem Katheter befreit. Ich sage nur Fluchtreflex.« Joshua verzieht die Lippen zu einem Lächeln und auch ich kann mir ein Grinsen nicht verkneifen.

»Und?«

»Morgen. Wenn es keine Entzündung gibt, aber danach sieht es nicht aus. Und wenn du mir versprichst, bis zum Ende der Woche dem Büro fernzubleiben, dich von wem auch immer versorgen zu lassen.« Das von wem auch immer steht im Raum. Die Krankenschwester verlässt den Raum und ich bin mit Joshua allein.

»Sie war aufdringlich.« Er zieht eine Augenbraue hoch.

»Das kann passieren, wenn man mit Frauen wie ihr zusammen ist. Ich habe dir doch gesagt, dass sie eine rothaarige Raubkatze ist. Sie könnte Jaquelines Schwester sein.«

»Hör auf!«

»Aber mein Lieber, du scheinst doch gut mit ihr im Bett zusammenzupassen, wie man hört, hast du sie nicht nur einmal gebucht und gedatet.«

»Hm.«

»Caralina?«

»Ich mag sie. Aber ich kenne sie nicht wirklich. Naja,

das ist nicht so richtig. Sie ... ja sie arbeitet für mich und ...« Ich schaue aus dem Fenster.

»Ich habe eine Nacht mit ihr verbracht.« Ich merke nicht, dass Joshua lächelt.

»Das mit dem Kennenlernen, das will ich ändern, wollte ich. Aber immer kommt was dazwischen. Probleme in der Firma, dann Alina, die mir auf die Nerven geht und dann wieder mein Körper, der mich verrät, wenn sie auch nur in der Nähe ist. Also Alina. Und jetzt dieser Idiot, der meinte, mir ein Messer in den Rücken rammen zu müssen. Ich hatte eine Verabredung mit ihr, am Samstag, und das hat er mir sozusagen versaut und auch Alina eine Steilvorlage gegeben, sich bei meinen Eltern als meine Freundin vorzustellen. Das ist alles eine große Scheiße.«

»Kann man so sagen, und du willst das ich dich wirklich morgen in diesen Schlamassel nach Hause entlasse? Was habe ich vor ein paar Minuten gesagt? Du kannst gerne nach Hause gehen, aber nur wenn du dort deine Ruhe hast. Das alles hört sich für mich absolut und zu einhundert Prozent nicht danach an mein Freund.« Ich schaue Joshua an. Er hat recht. Aber ich will nach Hause.

»Ich muss mein Freund. Lass dir das alles durch den Kopf gehen und sag mir Bescheid, wenn du noch eine Nacht hier bleiben willst oder auch zwei, das ist kein Problem. Die Klinik freut sich, wenn sie einen gut zahlenden Patienten etwas länger betreuen kann.«

»Du mich auch.« Joshua lächelt und verschwindet. Er hat meinen Respekt. Joshua ist der beste Freund von

Saint. Auch ich verstehe mich gut mit ihm. Aber erst seid Saint sich endlich für die Holding interessiert und sich wieder mehr der Familie zuwendet, ist der Kontakt zu ihm und damit auch zu Joshua intensiver geworden und ja, er ist ein super Typ. Nicht nur, dass er intelligent ist und ein sehr guter Arzt. Er hat meinen Respekt, dass er diesen Beruf überhaupt ergriffen hat. Seine Familie hat Berge von Geld, genau wie meine. Er müsste nicht mal einen Finger krumm machen und trotzdem arbeitet er, wie ich inzwischen weiß, unglaublich hart. Er ist sich für nichts zu schade. Wie gesagt, er müsste nicht. Ich und Saint, wir beide irgendwie auch nicht, aber ich denke trotzdem, mit dem Geld der Familie zu arbeiten, es am Laufen zu halten, es zu verwalten, wenn man so will, ist etwas ganz anderes als das, was ein Arzt macht. Viel Zeit zum Ausruhen habe ich nicht. Noch vor dem Mittagessen klopft es und Alina tritt in mein Zimmer. Allein, und das ist heute zum ersten Mal gut so. Sie kommt zu mir ans Bett.

»Mein Schatz, du siehst schon viel besser aus.« Sie beugt sich zu mir und will mich küssen. Ich drehe den Kopf weg. Sie erstarrt.

»Was fällt dir ein, meinen Eltern zu sagen, dass du meine Freundin bist?«

»Bin ich das nicht?«

»Ich wüßte nicht.« Sie wird etwas blasser, was fast eine Kunst ist, denn ihre Haut ist immer blass geschminkt.

»Ganz ehrlich Alina, dass du dir das rausgenommen

hast, ist eine absolute Frechheit. Ich will, dass du verschwindest und ich will dich auch die nächsten Tage nicht sehen.«

»Aber ...« Sie strafft die Schultern. Ja, sie ist, wie Joshua gesagt hat, eine Raubkatze.

»Glaubst du, ich bin so dumm, nicht zu merken, dass du etwas mit deiner kleinen Assistentin angefangen hast? Raven, ich bitte dich, sie ist alles, aber bestimmt keine Frau für dich. Sie ist ein Nichts. Sie hat keine Ahnung und ich habe dir schon einmal gesagt, dass du nicht den gleichen Fehler machen sollst wie dein Cousin Saint. Was willst du mit ihr? Sie hat von nichts eine Ahnung. Nicht welche Regeln in der Upper Class gelten. Sie ist, ich wiederhole mich, ein Nichts. Mit einem Fingerschnippen kannst du eine andere Assistentin einstellen. Du hast ja Erfahrung darin. Sie ist nichts für dich. Und wenn du sie ficken willst, entschuldige das Wort, bitte, damit kann ich leben, aber...«

»Es reicht!« Mein Ton muss entsprechend sein. Denn sie verstummt sofort.

»Was erlaubst du dir?« Bevor wir weiterreden können, klopft es wieder und meine Mum kommt ins Zimmer. Ich bin im Krankenhaus. Kann man nicht mal hier seine Ruhe haben? Im Büro bin ich das gewohnt, aber selbst dort ist es angenehmer als hier. Mum spürt die Spannung, die gerade zwischen Alina und mir herrscht, nicht oder will sie nicht spüren. Sie begrüßt mich wie immer und auch Alina.

»Sie wollte gerade gehen.« Alinas Augen blitzen, aber sie hat, glaube ich, verstanden, dass sie mich heute nicht weiter bedrängen sollte. Lächelt meine Mum an und sagt, dass sie noch einen Termin in der Kanzlei hat.

»Du solltest nicht so viel arbeiten, Liebes.« Antwortet meine Mum. Und ich koche innerlich. Meine Mum geht davon aus, dass sie meine Freundin ist... ich muss das klären, und zwar bald. Als sie weg ist, sind das auch meine ersten Worte.

»Sie ist nicht meine Freundin.«

»Glaubst du wirklich, dass ich das nicht weiß?« Jetzt ist meine Mum ganz anders. Ich sehe sie nur selten so oder habe ich sie je so gesehen? Sie ist nun eine Frau der Upper Class. Niemand sollte so eine Frau unterschätzen.

»Aber Raven, sie passt doch zu dir und deinem Stand.«

»Tut sie nicht. Sie ist ein berechnendes Biest und ...«

»Und du schläfst mit ihr, also kann sie nicht so schlimm sein. Raven, du musst diese wirklich schlimme und prägende Episode mit Mildred vergessen. Es ist so lange her. Nicht alle Frauen sind wie sie.«

»Ach, du findest Alina besser?«

»Nein. Sie ist genau wie sie. Berechnet. Aber Raven, es gibt einen Unterschied. Das weißt du jetzt. Damals warst du viel zu jung und hattest eine rosarote Brille auf. Glaub nicht, dass ich auch um dieses Kind getrauert habe. Es hätte ein gutes Leben in unserer Familie gehabt. Aber es sollte nicht sein. Alina hat gute Manieren, sie ist nicht reich, aber sie hat sich einen gewissen Status in der New Yorker Gesellschaft erarbeitet. Sie hat sich ein Netzwerk aufgebaut. Sie kennt die Regeln und wäre eine gute Ehefrau für dich.

Ausgestattet mit einem Ehevertrag, der ihr einen gewissen Spielraum lässt, aber mehr auch nicht.« Sprachlos schaue ich meine Mum an. So habe ich sie noch nie reden hören.

»Du Raven, du hast eine gewisse Verpflichtung.«

»Ach ja?«

»Du bist unser Sohn und du musst dafür sorgen, dass dieser Zweig der Familie nicht mit dir endet. Deine Schwester wird keine Kinder bekommen.« Überrascht, dass sie meine kleine Schwester nennt, schaue ich sie an. Wir alle lieben sie. Sie wurde viele Jahre nach mir geboren und die Geburt war sehr schwierig. Rabea hat etwas zu wenig Sauerstoff bekommen und ist behindert. Zum Glück nicht geistig, aber körperlich. Sie sitzt im Rollstuhl und hat immer wieder spastische Anfälle. Sie hasst es, behindert zu sein, aber sie weiß, dass sie nichts dagegen tun kann. Im Moment studiert sie Germanistik. Denn lesen, meint sie, kann sie schon und vielleicht auch das eine oder andere Buch schreiben. Das Mum ihr abspricht Kinder zu gebären, finde ich hart.

»Wie kommst du darauf, dass Rabea keine Kinder bekommen wird?«

»Ich bitte dich, Raven. Kein Mann wird deine Schwester heiraten. Sie wird immer auf Hilfe angewiesen sein. Wenn sich jemand für sie interessiert, hat er es nur auf ihr Erbe abgesehen.« Meine Mum so hart reden zu hören, kommt nicht oft vor. Eigentlich nie, und irgendwie macht es mich auch fassungslos.

»Ich glaube, Mum, du irrst dich. Rabea hat nicht nur

ihren eigenen Kopf und ihren eigenen Willen, den sie von dir und Dad bekommen hat, sie weiß auch ganz genau, wie es um sie steht, und sie kann sehr gut ein Leben führen, ohne dass Ihr ihr ständig helft oder euch in ihr Leben einmischt.« Sie winkt ab und will nichts mehr davon hören.

»Ich weiß auch, dass du dich zu sehr für deine Assistentin interessierst, und das, mein Sohn, gefällt mir nicht. Du wirst nicht denselben Fehler machen wie Saint. Ich bin wirklich erstaunt, dass Susanne das zugelassen hat, dass sie ihm die Heirat mit dieser kleinen Verkäuferin erlaubt hat. In meinen Augen ist das unglaublich.«

»Mum!«

»Du brauchst mir nicht zu widersprechen, Raven. Es grenzt an einen Skandal. Das einzig Gute an der Sache ist, dass dein Dad, deinen Onkel gebeten hat, dafür zu sorgen, dass sie einen anständigen Ehevertrag unterschreibt. Sie soll nicht mit leeren Händen dastehen, wenn sie es schon so weit gebracht hat, aber wir wissen beide, dass diese Ehe nicht halten wird.« Ungläubig schaue ich meine Mum an. Wann ist sie denn so hart geworden? Oder war sie das schon immer? Und warum merke ich das erst jetzt?

»Mum, Holly ist eine tolle Frau. Sie und Saint sind sehr glücklich. Wie du sicher weißt, wird sie bald ein Kind bekommen und damit die Barker-Linie fortsetzen. Was Alina betrifft, wenn du schon so gut informiert bist, dann weisst du sicher auch, wie Alina ihr Netzwerk aufgebaut hat. Es wundert mich wirklich, dass du eine Frau, die ihr Studium als Escort-Lady verdient hat, als die bessere und angemessenere Frau ansiehst, als eine Assistentin, die sich nie etwas hat zuschulden kommen lassen. Die keine berechnende Frau ist.«

»Das ist genau der Punkt Raven. Sie ist berechnet, du kannst sie formen und führen. Du kannst ihr ihre Grenzen aufzeigen und du weißt genau, wie du sie in Schach halten kannst. Wie sie ihr Netzwerk aufgebaut hat, das hat dich in den letzten Jahren auch nicht gestört.« Ich schüttle nur den Kopf.

»Mum bitte, ich hätte nichts dagegen, wenn du gehst. Wirklich, ich muss ... ich muss mich ausruhen.«

»Vor allem mein Sohn, denk über meine Worte nach. Wenn du morgen früh aus dem Krankenhaus entlassen wirst. Werde ich dich abholen.«

»Das ist nicht nötig.« Sie schaut mich an.

»Natürlich.«

»Nein, Mum, das ist nicht nötig. Ich komme sehr gut alleine zurecht.« Sie steht auf und geht. Ich bin fassungslos. Wirklich fassungslos. Nie im Leben hätte ich damit gerechnet. Weder damit, was sie von Holly hält, noch von Alina oder Caralina und schon gar nicht damit, wie gut sie über alles Bescheid weiß, was ich so mache. Sie weiß über mein Liebesleben Bescheid. Das alles macht mich fassungslos. Ein Escort-Girl würde sie als Schwiegertochter akzeptieren, Caralina nicht. Und jetzt weiß ich auch, was sie wirklich von Holly hält. Wie gesagt, das alles... Ich bin wirklich erschlagen von den Informationen, die ich gerade erhalten habe. Den ganzen Tag habe ich meine Ruhe. Bis auf die

Schwestern, die mir das Mittagessen bringen oder zwischendurch nach mir sehen. Das tut mir gut und dann wieder nicht, denn meine Gedanken rasen. Immer wieder kommen mir die Worte meiner Mum in den Sinn. Es geht einfach nicht anders. Am Abend kommt Joshua noch einmal in mein Zimmer.

»Arbeitest du nur hier? Joshua, du hast eine Frau und eine süße kleine Tochter, das darfst du nicht vergessen.«

»Danke, dass du dir Sorgen machst. Keine Sorge ich war heute Nachmittag zu Hause. Mir wurde gesagt, nachdem die letzten zwei Tage ständig jemand in deinem Zimmer an deinem Bett saß, sei es heute sehr ruhig gewesen. Außerdem seien deine »Freundin«, er betont das Wort entsprechend, und deine Mum kurz nach ihrer Ankunft ziemlich schnell und mit verärgertem Gesicht wieder verschwunden. War deine Mum unzufrieden damit, dass Alina nicht deine Freundin ist?«

»So ein bisschen und dann wieder gar nicht.« Joshua schaut mich fragend an.

»Lieben deine Eltern Charlotta, deine Frau?« Wenn er über diese Frage überrascht ist, zeigt er es mir nicht.

»Ja, das tun sie.«

»Haben sie auf einen Ehevertrag bestanden?«

»Auch das. Aber das ist etwas, was, glaube ich, in unseren Kreisen normal ist, und er ist großzügig gestaltet. Aber ich habe nicht vor, sie jemals gehen zu lassen.«

»Hatten sie nie Bedenken, weil sie nicht aus der Oberschicht kommt, sondern ... Entschuldigung, das geht mich alles nichts an.« Joshua nimmt sich einen Stuhl und setzt sich zu mir.

»Was ist los?«

»Ich habe heute herausgefunden, dass meine Mum gar nicht so ist, wie ich immer dachte.«

»Sie ist eine Frau aus der Upper Class. Hast du herausgefunden, dass sie Krallen hat und nicht gerade nett zu Leuten ist, die nicht in ihrem Milieu aufgewachsen sind?« Überrascht schaue ich ihn an.

»Du wusstest das?«

»Alle Frauen der Upper Class sind so. Sie haben ihre Netzwerke, sie wissen viel, wenn nicht alles. Darin sind sie ihren Männern sehr ähnlich. Hinter jedem starken Mann steht eine starke Frau. Das klingt blöd, aber es ist in der Upper Class oder in der Elite überall auf der Welt so. Auch Charlotta war meinen Eltern anfangs ein Dorn im Auge. Aber sie hat ihnen auch ihre Krallen gezeigt.«

»Sie hat gesagt, dass Holly nicht zu Saint passt. Dass es ein Fehler war, dass mein Onkel der Heirat zugestimmt hat. Dass er wenigstens so klug gewesen wäre, auf einen ordentlichen Ehevertrag zu bestehen. Um ehrlich zu sein, ich bin ziemlich schockiert. Holly ist ein Goldstück. Und dann Alina. Sie hat gesagt, sie wäre eine gute Ehefrau für mich. Vernünftig und dass das kein Nachteil sei. Dass ich weiß, was ich mir mit ihr ins Haus hole. Verstehst du? Als ich ihr gesagt habe, dass sie ein Escort-Girl war, hat sie nur mit den Schultern gezuckt.«

»Das wusste sie schon lange.«

»Genau. Und das hat mich echt geschockt. Sie hätte lieber Alina oder Caralina oder Holly. Verstehst du? Ich habe beide weggeschickt. Ich musste das erst mal sacken lassen und weiß immer noch nicht, was ich davon halten soll.«

»Nichts Raven. Wenn du meine Meinung wissen willst, kann ich dir nur sagen, höre auf deinen Bauch und auf dein Herz. Ich bin ein glücklicher Mensch mit Charlotta an meiner Seite. Ich freue mich auf zu Hause. Ich liebe es, morgens aufzuwachen und sie im Arm zu halten. Und wenn ich an sie denke, dann lächle ich. DAS ist wichtig. Nichts anderes, und wenn du Saint fragst, seit er Holly an seiner Seite hat, wird er dir genau dasselbe sagen. Er hatte Dämonen zu bekämpfen und Raven du auch. Einer Frau zu vertrauen ist nicht einfach für dich, aber wenn eine Frau dein Herz berührt, dann ist sie es wert ihr Vertrauen zu schenken. Du bekommst so viel zurück. Ein Leben mit jemandem zu verbringen, das nur aus Pflichtgefühl und Berechnung besteht, das ... das will ich mir gar nicht erst vorstellen. Früher hat man solche Beziehungen arrangiert. Aber das braucht man heute wirklich nicht mehr. Jeder Mensch hat das Recht, glücklich zu sein. Meine Meinung, wie gesagt, die muss nicht stimmen.« Er steht auf.

»Versprich mir, dass du dich schonst, dann lasse ich dich morgen nach Hause gehen.« Ich nicke nur.

RAVEN

Am nächsten Morgen überlege ich, ob ich es wirklich schaffe, oder ob ich Joshuas Angebot, noch einen Tag in diesem Bett zu bleiben, annehmen soll. Aber dann kommt das Frühstück und ich kann nicht anders, als die Entlassungspapiere zu unterschreiben. Was das Essen betrifft, so kann man nicht gesund werden, und ich bin sicherlich noch jemand, der ein Essen bekommt, das über dem Standard liegt. Aber es ist niemand zu Hause. Ich will auf keinen Fall zu meinen Eltern. Und mich von Caralina versorgen lassen, das ist mir auch zu viel. Ja, ich habe Gefühle für sie. Aber ich will sie nicht ausnutzen und kann ihr wirklich vertrauen? Das schaffe ich nicht. Außerdem kenne ich sie nicht. Ich ... Es klopft und mein »Herein« unterbricht meine Gedankengänge, die, wie ich finde, in die völlig falsche Richtung gehen, denn Caralina ist eine ehrliche Haut und hat mein Vertrauen verdient. Warum nur fällt mir das so schwer? Gut, das Warum kann ich mir selbst beantworten, die Frage müsste lauten, warum ich nach all der Zeit nicht einfach abhaken kann, was gewesen ist. Aber das geht nicht. Zu tief sitzt der Schmerz. Caralina als Krankenschwester, das ist mir dann doch zu nah, zu viel auf einmal. Als Saint hereinkommt, freue ich mich.

»Hey, das ist ja eine Überraschung.«

»Das hoffe ich, zumal ich dein Taxi bin.«

»Mein Taxi?«

»Genau. Es gibt hier in diesen heiligen Hallen eine Person, die der Meinung ist, dass du vielleicht nicht nein sagen würdest, wenn ich dir für ein paar Tage unser Gästezimmer anbieten würde. Was kein Problem wäre und den Vorteil hätte, dass sich weder deine unverhoffte Freundin Alina noch deine Eltern blicken lassen würden. Denn wie wir beide wissen, würde Alina sich das nicht trauen und deine Eltern würden sich im Moment nicht unbedingt herablassen, uns, also Holly, zu besuchen. Also ... ich muss Joshua zustimmen, das ist die beste Idee für deine Gesundheit. Und mein Cousin, ich nenne dich auch gerne Freund, Caralina ist bei mir herzlich willkommen. Denn auch das hat mir ein Mäuschen zugeflüstert, dass du ihr hier sehr nahe gekommen bist, was ich schön finde und ich ja auch bereits feststellen durfte.«

»Du ... du ...« Ich will schon Idiot sagen, ändere den Satz aber in: »Meinst du das ernst?«

»Wäre ich sonst hier?« Freude erfüllt mich, denn damit hätte ich nicht gerechnet und löst tatsächlich mein Problem.

»In dem Fall mein Cousin und Freund.« Er grinst. »Wenn Ihr dann noch besseres Essen habt, wie diesen Frass hier, und ... Kaffee, dann sage ich nicht nein.«

»Ah, ein anspruchsvoller Gast?« Er zwinkert mir zu.

»Nein Saint das nicht, aber ...« Er will abwinken, aber es ist mir wichtig, dass ich es ausspreche.

»Bin ich wirklich nicht, aber du hättest das Müsli sehen sollen, das mir heute Morgen serviert wurde. Ehrlich gesagt würde ich nicht unbedingt dagegen wetten, wenn jemand behauten würde, dass es lebendig war.« Saint lachte.

»Außerdem hat es in meinem Mund geklebt und ich musste es mit diesem Wasser runterspülen, das sie hier Tee nennen. Das ... Kaffee, eine Scheibe Brot und ein bisschen Butter, das allein würde mir reichen. Ehrlich.«

»So schlimm?«

»Ich bin versucht, Joshua ernsthaft zu fragen, ob er glaubt, dass die Leute davon gesund werden.« Der eben Genannte betritt ohne anzuklopfen den Raum und hat die letzten Worte noch mitbekommen.

»Was willst du mich fragen?«

»Wie man mit diesen Frass gesund werden kann. Ich jammere, sorry. Aber ich bin froh, dass ich heute nach Hause kann.«

»Nimmst du das Angebot von Saint an?«

»Ja und danke, dass du ihn angerufen hast.«

»Das habe ich gerne gemacht, denn ich kümmere mich

um meine Patienten und bei dir war ich mir sicher, dass diese rothaarige Lady und deine Mum in einem Raum, die sich um dich kümmern nicht zur Genesung beitragen.« Ich nicke nur. Joshua dreht sich zu Saint um.

»Er muss sich schonen. Ich will ihn nicht in ein paar Tagen wieder hier haben.«

»Wird er und wenn ich ihn ans Bett fessle.«

»Ich höre euch.« Ohne auf mich einzugehen, reden sie weiter.

»Schonkost?«

»Willst du mich fragen, ob er eine Whiskeyverkostung überleben würde? Wenn du ihn loshaben willst, füll ihn ab, ansonsten ist Kaffee die bessere Alternative.« Er zwinkert mir zu. Wenig später sitze ich in Saints BMW.

»Schönes Spielzeug.«

»Ja, und damit habe ich Holly angefahren, den werde ich ewig fahren.« Saint sagt das nicht im Scherz oder mit Ironie in der Stimme, aber ich spüre, dass er es genau so meint, wie er es sagt. Das macht mich nachdenklich und doch… Als wir in die Tiefgarage von Saint fahren, steige ich aus und muss mir eingestehen, dass selbst diese kurze Fahrt mir alles abverlangt hat. Anscheinend bin ich doch erschöpfter, als ich dachte.

»Erschöpft?«

»Hm.«

»Komm, ich bringe dich nach oben und dann legst du dich hin. Fühl dich wie zu Hause.«

»Saint?«

»Ja.«

»Danke.« Ich sehe ihn an.

»Danke, wirklich. Kurz bevor du geklopft hast, habe ich mir überlegt, noch einen Tag bei Joshua zu bleiben. Also in der Klinik. Das wird Alina und meiner Mum nicht gefallen. Also, dass ich hier bei dir bin.«

»Das kriegen wir schon hin. Jetzt komm, leg dich ins Bett und schlaf dich aus. Morgen geht es dir bestimmt schon besser. Joshua sprach von den letzten Resten des Betäubungsmittels und dem psychischen Stress, der dich einholen und müde machen wird. Dein Unterbewusstsein wird sich daran erinnern, was hätte passieren können.« Ich nicke nur, denn genau das spüre ich auch. Müdigkeit. Oben begrüße ich Holly mit einem Kuss auf die Wange und sie drückt mich fest an sich.

»Was machst du denn für Sachen?« Ich bringe nicht mehr als ein Lächeln zustande.

»Jetzt geh ins Bett und wehe, du stehst wieder auf. Ruf, wenn du etwas brauchst und keine Sorge, ich werde nicht für dich kochen, das macht Maria und das ist auch besser so.« Ich schaue sie fragend an. Saint lächelt mich an, aber auch Holly. Ich frage sie.

»Was?« Holly sagt.

»Ich liebe dich Saint. Weißt du das?« Danach sehe ich beide fragend an. Denn irgendetwas ist mir gerade entgangen. Holly schaut mich an.

»Also hat er wirklich nichts gesagt?«

»Ich weiß nicht, wovon Ihr redet, aber das liegt wahrscheinlich daran, dass mein Gehirn so langsam arbeitet.«

»Ich kann vieles, aber nicht kochen. Du würdest dich nach dem Essen in der Klinik zurücksehnen, wenn ich es für dich zubereiten würde.« Kopfschüttelnd schaue ich Holly an.

»Wie bitte? Ich meine ehrlich?«

»Ja. Ich kann Kleinigkeiten also ... Minigerichte. Ich kann das alles zubereiten, aber wenn es etwas komplizierter wird, dann liebe ich es, Gerichte zu haben, die ich in die Mikrowelle stellen kann und nur diesen Knopf drücken muss. Ich kann den Schalter auf 2 Minuten stellen und dann duftet es im ganzen Haus. Was ich auch hervorragend kann, ist den Lieferservice anrufen.« Kopfschüttelnd sehe ich Holly an. Nehme sie erneut in den Arm.

»Du bist die Beste. Weißt du das?« Wenn sie über meine Aussage erstaunt ist, sagt sie nichts. Ohne ein weiteres Wort gehe ich den Flur entlang ins Gästezimmer. Lege mich ins Bett und schlafe schnell ein. Eine bequeme Matratze. Ruhe und keine Störung. Das ist es, was der Körper zum Heilen braucht, mehr erst einmal nicht.

Drei Tage habe ich meine Ruhe und in diesen drei Tagen heile ich auch. Es geht mir viel besser. Der viele Schlaf hat mir gut getan und auch die Küche von Maria. Ich habe lange mit Holly geredet, während Saint bei der Arbeit war und habe ihr erzählt, was Alina gemacht hat. Dass sie vorhat, Mrs. Barker zu werden und dass meine Mum das gut findet. Holly ist vorsichtig mit Kritik an meiner Mum. Das mag ich auch an ihr. Sie kennt noch nicht so viele Leute aus der Upper Class oder wenn, dann nicht so gut. Aber was sie ganz klar sagt, ist, dass sie Caralina mag. Dass sie sie bewundert, wie sie mit ihrem Schicksal umgeht. Als ich sie frage, ob sie keine Bedenken hat, weil sie ein paar Jahre jünger ist als ich, lacht sie nur.

»Ich frage dich, Raven. Wann war eine Frau jemals zu jung für einen Mann?« Wurde dann aber schnell ernst.

»Nein, das ist sie nicht, denn das, was sie durchgemacht hat, hat sie reifen lassen. Solche Schicksalsschläge lassen Kinder oder Jugendliche erwachsen werden, auch wenn man es ihnen nicht ansieht. Ich ... ich rede jetzt nicht von mir oder von Saint. Aber Raven, ich war in den letzten Wochen ein paar Mal in der Stiftung und habe mich ein bisschen in den Schutzhäusern umgesehen, mit den Kindern gesprochen, mit den Betreuern. Dass ich jedes Mal geweint habe, wenn ich nach Hause gekommen bin, das darfst du Saint nicht sagen, sonst lässt er mich nicht mehr hin. Aber ich kann dir sagen, wenn du einmal in die Augen eines so gequälten Kindes schaust, dann ... dann weißt du, was es bedeutet, wenn man dir sagt, dass diese Kinder mehr gesehen und erlebt haben als viele Erwachsene es je tun werden.« Ich muss schlucken, denn sie hat Recht. Sie spricht jetzt nicht von Saint, aber ich will mir gar nicht vorstellen, was man ihm in seiner Jugend angetan hat. Seit ich das weiß, ist er in meiner Achtung noch gestiegen. Er ist auch ein Überlebender, wie Caralina, die ihr Schicksal meistert. Vielleicht ist es das, was mich an ihr so anzieht. Zu wissen, wie stark sie ist. Immer mehr denke ich, dass ich eine starke Frau an meiner Seite haben möchte. Eine Frau auf Augenhöhe. Aber vor allem eine Frau, der ich vertrauen kann. Ich kann ihr aber nicht vertrauen. Was weder Holly noch Saint wissen, ist, dass ich mich oft frage, ob Caralina mich nur mag, weil ich Geld habe. Weil ich ihr einen sicheren Job biete und vielleicht noch mehr. In meinen Träumen frage ich mich wirklich, ob sie ein berechnendes Biest ist. Denn ja, ich kann sie nicht einschätzen. Alina schon, sie ist genau das, was ich sehe und was ich von ihr bekomme. Aber bei Caralina habe ich keine Ahnung und das macht mich nervös, denn ich merke immer mehr, dass ich ihr vertrauen möchte. Nach drei Tagen verlasse ich Holly und Saint und lasse mich von meinem Cousin zu meiner Wohnung fahren. Als ich aussteige, öffnet er den Kofferraum und holt einen großen Korb heraus. Fragend schaue ich ihn an.

»Grüße aus der Küche. Maria ist fast beleidigt, dass du gehst. Aber sie hat sich etwas ausgedacht und für dich gekocht. So musst du noch ein paar Tage nicht auf nahrhaftes und gesundes Essen verzichten.« Ich schüttle den Kopf und lächle.

»Richte ihr meinen Dank aus und ich werde jeden Bissen genießen.«

»Mach ich. Kommst du zurecht?«

»Ja.«

»Raven sagt Bescheid, wenn du etwas brauchst. Und ich will dich bis Montag nicht mehr im Büro sehen. Und ja, das sollte laut Joshua nächste Woche Montag sein, aber das wird nicht klappen, also versuche ich es gar nicht erst.« Kaum habe ich es mir auf der Coach bequem gemacht, klingelt es an der Tür. Ich stöhnte und überlegte, ob ich noch einmal zu Saint gehen oder so tun sollte, als wäre ich nicht da. Wieder klingelt es und ich stehe auf, um zu öffnen. Doch als ich sehe, wer vor meiner Tür steht, huscht ein Lächeln über mein Gesicht. Wieder habe ich Saint im Verdacht.

»Hallo Caralina. Komm rein.« Sie sagt nichts, aber sie folgt mir. Ich bedeute ihr Platz zu nehmen und lasse mich wieder auf der Coach nieder. Wir reden beide nicht, weil es irgendwie komisch ist.

»Willst du was trinken?« breche ich das Schweigen. Sie lächelt und sagt:

»Ja, einen Kaffee, den schuldest du mir noch.« Mit diesem Satz ist das Eis gebrochen und ich entspanne mich. Sie auch.

»Würdest du? Ich meine, ich kann auch, aber dann müsste ich wieder aufstehen und ehrlich gesagt... würdest du?«

»Bleib einfach sitzen.« Sie tritt zur Küchentheke, auf der mein Kaffeeautomat steht und schaltet diesen an, lässt uns beide Kaffee in die daneben stehenden Tassen hinein und tritt wieder zu mir.

»Geht es dir gut?«

»Besser.« Wir trinken beide und für ein paar Minuten ist die Stimmung im Raum wieder ... ich wiederhole mich ... merkwürdig. Aber dann fällt mir ein, dass wir vor drei

Tagen quasi ein Date hatten und ich beschließe, mich auch so zu verhalten. Ich fange an zu reden und bald sind wir in einer hitzigen Diskussion. Caralina hat keine Angst, ihre Meinung zu sagen oder sie zu verteidigen. Lachend finden wir oft einen gemeinsamen Nenner oder jeder beharrt auf seinem Standpunkt. Wir reden nicht über die Familie oder die Firma, sondern über Gott und die Welt. Es macht Spaß und obwohl ich immer müder werde, möchte ich nicht, dass diese Stunden enden. Irgendwann knurrt mir der Magen, ich erinnere mich an das viele Essen, das Maria mir mitgebracht hat und beschließe, das Date zu verlängern.

»Darf ich dich zum Essen einladen?« Sie schaut mich überrascht an. Nicht, weil ich sie einlade, sondern wahrscheinlich, weil ich in diesem Moment nicht weiß, was ich vorhabe.

»Gerne, aber ...« Etwas angestrengt stehe ich auf und gehe zum Kühlschrank.

»Maria, Hollys Haushälterin hat mich mit Essen versorgt. Ich kann anbieten ...« Ich schaue auf die Dosen, die sie sorgfältig mit Etiketten versehen hat.

»Hühnchen mit Curry oder Fleischbällchen mit Reis oder Spaghetti mit Soße, was immer du magst.«

»Danke, Raven, ich esse gern mit dir.« Der Abend wird genauso perfekt wie der Nachmittag und ja, ich lasse Caralina nicht nach Hause gehen. Sie schläft bei mir. In meinen Armen. Wir haben uns zwar nur geküsst und zärtlich gestreichelt und liebkost. Aber sie liegt in meinem Bett. Als ich morgens aufwache, ist sie weg. Sie ist diszipliniert und pünktlich. Würde die Tatsache, dass sie bei mir ist, nie ausnutzen. Wirklich nicht? Oder macht sie das nur, um mich zu beruhigen? Was bin ich für ein Mann, dass ich solche Gedanken in mir trage. Genervt von mir selbst stehe ich auf. Schalte den Fernseher ein und checke die Aktienkurse. Nichtstun liegt mir nicht. Obwohl Saint mir gedroht hat, ich solle mich nicht im Büro sehen lassen, bin ich am Donnerstagmorgen genau dort. Auch Caralina ist entsetzt, aber ich winke ab und sage nur:

»Wenn es nicht geht, fahre ich nach Hause, versprochen.« Genau eine Woche habe ich Zeit, die Ruhe zu genießen, bevor Alina wieder bei mir auftaucht. Zuerst geschäftlich, aber sie nimmt sich die Freiheit, mich danach im Büro aufzusuchen. Redet wieder auf mich ein, entschuldigt sich und verdammt, sie schafft es immer wieder, dass ich ihr alles verzeihe. Ich muss mir eingestehen, dass sie etwas an sich hat, das mich erregt oder leichtsinnig macht oder mich vergessen lässt, was sie sich immer wieder herausnimmt. Wenn sie in meiner Nähe ist, kommt es mir verrückt vor, mich mit einer Angestellten einzulassen, und allein, dass ich so über Caralina denke, dass ich sie eine Angestellte nenne, macht mich wütend auf mich selbst. Caralina stellt mir nicht nach. Sie nimmt sich nie etwas heraus. Sie lässt niemanden wissen, dass sie mit mir geschlafen hat, dass sie vor ein paar Tagen in meinen Armen lag. Dass ich sie geküsst habe, im Krankenhaus und auch danach zu Hause. Sie zeigt mir auch nicht, wenn sie beleidigt ist, wenn Alina bei mir im Büro ist, sie spricht mich nie darauf an.

Eine Woche später treffen wir uns zu unserem eigentlich ersten Date. Wir gehen im Park spazieren und anschließend in Kildes Café. Es ist wie immer, wenn ich mit ihr zusammen bin, alles ist so unkompliziert, so einfach. Wir lachen viel und ich unterhalte mich gerne mit ihr. Dann lade ich sie in mein Lieblingsrestaurant ein. Beim Anblick der Preise auf der Speisekarte wird Caralina ganz nervös. Sie ist so anders als Alina, die nicht eine Sekunde darüber nachdenkt und einfach bestellt, was sie will. Was normalerweise, und was sagt das über mich aus, dass ich das weiß, ein Salat mit Krabben und Joghurtdressing gewesen wäre. Nicht mal das Teuerste, weil sie auf ihre Figur achtet. Man kann schon sagen, dass einem als Mann das Essen nicht so richtig schmeckt, wenn man neben jemandem sitzt, der wie ein Spatz im Salat pickt.

»Bestelle, was du willst.« Als der Keller an den Tisch tritt, frage ich ihn, was der Koch empfiehlt. Caralina hört aufmerksam zu und ich sehe, wie sich ihre Augen kurz ein wenig weiten, als sie hört, was es gibt. Auch wenn ich lieber etwas anderes gegessen hätte, tue ich ihr den Gefallen: »Was meinst du Caralina, sollen wir der Empfehlung des Kochs folgen?« Vorsichtig nickt sie und der Kellner notiert erfreut, dass wir zweimal das Tagesmenü nehmen, das hervorragend schmecken wird. In diesen Stunden beobachte ich Catalina immer wieder fasziniert, wie sie genüsslich die Augen schließt und gebannt auf die angerichteten Teller schaut. Ich glaube, sie hätte am liebsten Fotos von den Kreationen gemacht, um sie Chloé zu schicken. Aber das traut sie sich nicht. Aber beim Dessert leuchten ihre Augen. Ich beuge mich zu ihr.

»Auf der Homepage sind alle Gerichte fotografiert, da kannst du Chloé zeigen, was du gegessen hast.«

»Bin ich so leicht zu durchschauen?«

»Nein oder ja. Ich gebe zu, es hat Spaß gemacht, dir zuzusehen.« Wir trinken noch einen Kaffee. Bleiben aber sitzen, denn ja, es war ein schöner Nachmittag, ein noch schönerer Abend folgt und ich habe auch nicht das Bedürfnis, den Abend zu beenden.

»Noch ein Glas Wein?«

»Ich glaube nicht, dass ich nach Hause finde, wenn ich noch etwas trinke.« In dieser Aussage steckt eine Frage, das ist mir bewusst und ich ... habe nichts Besseres zu tun, als zu sagen:

»Das Taxi hält vor deiner Tür.« Sie sieht mich an und ich weiß, dass ich gerade einen Fehler gemacht habe. Ich sehe die Enttäuschung in ihren Augen, die sie vor mir zu verbergen versucht.

»Ich glaube, es ist besser, wenn wir den Abend für heute beenden.« In dieser Nacht bleibe ich allein, aber es folgen weitere Verabredungen, die anders enden. Ich kann sogar ein Muster erkennen. Wenn ich tagsüber ein Treffen mit Alina hatte oder sie in der Woche öfter gesehen habe, gehe ich nicht mit Caralina nach Hause und schlafe nicht mit ihr. Wenn Alina nicht in meinen Gedanken ist, dann ... verbringe ich eine unvergessliche Zeit mit ihr. Ich bin ein Arsch. Das weiß ich. Dazu kommt noch, dass meine Mum ab und zu anruft, sich beschwert, dass ich sie nicht besuche und sich noch mehr beschwert, dass ich Alina vernachlässige. Ich frage mich, woher sie das weiß und ob sie vielleicht jede Woche mit ihr telefoniert oder sogar einen Kaffee mit ihr trinkt. Ich würde es ihr und auch Alina durchaus zutrauen. Und doch bin ich so blöd und komme nicht ganz von ihr los, schlimmer noch, ich stehe nicht zu Caralina. Sie wird sich das nicht mehr lange gefallen lassen. Ich weiß, dass sie sich dafür zu schade ist, und ich bin mir auch mehr als bewusst, dass sie mich liebt, dass sie sich in mich verliebt hat, und zwar aus tiefster Seele und mit ganzem Herzen. Ich sehe es in ihren Augen, wenn sie mit mir schläft. Wenn sie den Gipfel erreicht und die Nacht tief und vertrauensvoll in meinen Armen verbringt. Ich sehe es, wenn sie mich morgens beim Aufwachen ansieht, und ich sehe es, wenn sie sich zurückzieht, wenn ich mich zurückziehe. Ich kann nur wiederholen, dass ich feige bin. Feige, zu ihr zu stehen. Feige, ihr zu vertrauen. Immer wieder frage ich mich, ob sie es ernst meint, obwohl ich es in ihren Augen sehe. Heute kommt sie ausnahmsweise etwas später. Den Termin hat sie mir schon vor zwei Wochen in den Kalender geschrieben, einen Arztbesuch. Sie ist nicht krank, aber sie geht zur Vorsorge und ich bin der Letzte, der solche Termine nicht zulässt oder akzeptiert. Es hat ihr nicht gefallen, dass sie den Termin während der Arbeitszeit bekommen hat und nicht am frühen Morgen, damit sie fast pünktlich im Büro sein kann. Aber so ist es nun mal und sie kommt erst nach dem Mittagessen. Da ich noch eine Besprechung mit Saint und den Anwälten habe, ist das auch nicht schlimm. Es gibt keine Termine und Nelly wird die Telefonate übernehmen. Die Besprechung ist anstrengend und lang. Als wir fertig sind, verabschiede ich mich und gehe ins Büro. Zuerst merke ich gar nicht, dass Alina mir folgt. Sie war heute sehr nett. Nicht aufdringlich oder unangenehm, sondern wirklich nett. Als ich die Tür zum Büro schließe, steht sie neben mir und überrumpelt mich auf eine Art und Weise, die meinen Körper sofort reagieren lässt. Sie weiß genau, welche Knöpfe sie bei mir drücken muss, damit ich darauf anspringe, und ehe ich mich versehe, und ich verstehe wirklich nicht, wie das passieren konnte, wie ich so einen Fehler machen konnte, steht sie vor mir auf dem Schreibtisch und ich …

CARALINA

»Ich bin was?«

»Schwanger Mrs. Baptist. So wie Sie jetzt aussehen, haben Sie das nicht erwartet?«

»Im Leben nicht. Ich meine ich verhüte und bin nur zur Vorsorge hier und ... schwanger?« In meinem Kopf rattert es. Was jetzt? Was wird Raven dazu sagen und dann wandert meine Hand wieder zu meinem Bauch. Schwanger. Da ist ein Baby drin ... ich schaue den Arzt wieder an.

»Ein Baby? Sie meinen, ich bekomme ein Baby?«

»Absolut. Es ist noch sehr früh. Ich will ihnen keine Angst machen, aber Sie wissen selbst das in dieser frühen Station immer etwas passieren kann, aber in zwei Wochen sollte die gefährliche Zeit vorbei sein. Aus Ihrer Reaktion schließe ich auch, dass Sie das Baby bekommen wollen, denn sonst, Frau Baptist, müssten Sie sich sehr schnell entscheiden. Aufgrund der Entwicklung des Fötus bin ich mir sicher, dass Sie kurz vor der Dreimonatsgrenze sind.« Ich schlucke und sehe den Arzt an: »Sie meinen abtreiben?« Ich schüttle den Kopf, denn das kommt für mich auf keinen Fall in Frage, egal was Raven sagt. Das werde ich niemals tun. Wenn er ... wenn er es mir sagt ... nein, das nicht. Wir kennen uns noch nicht so lange und er wird doch nicht denken, dass ich ihm ein Kind untergeschoben habe? Weil er Geld hat?

»Herr Doktor, wie kann es sein, dass ich schwanger bin? Ich bin wirklich sehr vorsichtig mit der Pille. Ich habe Sie weder vergessen noch war ich krank«

»Das kommt immer mal wieder vor, einen hundertprozentigen Schutz gibt es nicht, Mrs. Baptist. Offenbar wollte diese Seele unbedingt zu ihnen. Aus Ihren Worten und Ihrer Reaktion schließe ich jedoch, dass dies nicht zu einer Lebenskatastrophe führen wird, sondern dass Sie sich, wenn auch ungeplant, freuen wird...«. Ich schaue ihn an und dann überkommt mich dieses Gefühl. Ich kann es nicht benennen, aber es ist eine Kraft, eine Freude in mir und das Wissen, dass irgendwie alles gut wird. Ich werde ein Baby haben, ein Kind. Ich werde eine Mummy sein und das Baby wird einen wunderbaren Daddy haben. Ich bin mir sicher, warum auch immer, dass ich Raven glücklich machen werde. Vielleicht nicht sofort und vielleicht irre ich mich auch, aber ich bin sicher, wenn er auf jemanden böse sein wird, dann nur auf mich. Er wird nie böse auf das Baby sein. Alles wird gut für das Baby. Nachdem der Arzt die Untersuchung beendet hat, mir ein kleines Büchlein überreicht hat, in das er das erste Ultraschallbild eingeklebt hat, auch die Daten, die er bisher weiß, eingetragen hat, mir dann noch Blut abgenommen hat und mir einen weiteren Termin dafür gegeben hat, verlasse ich die Praxis. Stehe erst einmal nur da. Schaue in den Himmel. Und in diesem Moment kommt die Sonne hinter einer Wolke hervor. Ich lächle. Meine Eltern und mein Bruder freuen sich mit mir. Für mich ist das ein Zeichen, dass alles gut wird. Um nicht noch mehr Zeit zu verlieren, denn ich habe mir nur den Vormittag frei genommen. Raven wird auf mich warten. Also fahre ich mit der Metro nach Hause und ziehe mich um. Doch dann trete ich wieder auf die Straße und will mir gerade ein Taxi rufen, als eine Limousine neben mir hält und ein Fenster herunterkurbelt. Auf dem Rücksitz sitzt Ravens Mum.

»Mrs. Baptist?«

»Ja.«

»Setzen Sie sich einen Moment zu mir. Ich fahre Sie ins Büro.« Irritiert sehe ich erneut zu ihr. Ravens Mum. Bin ich eingeschüchtert? Auf jeden Fall. Weiß sie, dass ich schwanger bin? Nein, das kann nicht sein. Selbst wenn sie ihr Netzwerk hat, das schnell arbeitet, kann sie nicht so schnell hier bei mir sein. Das bilde ich mir alles nur ein.

»Bitte Mrs. Baptist, ich möchte nur mit Ihnen reden.« Etwas eingeschüchtert nicke ich. Doch dann gehe ich um das Auto herum, der Fahrer ist längst ausgestiegen und öffnet mir die hintere Tür. Ich setze mich neben Mrs. Barker auf den Rücksitz. Es ist still. Erst als der Fahrer anfährt und wir uns in den Verkehr einreihen, spricht Ravens Mum.

»Sie sind eine hübsche und zielstrebige junge Lady, Mrs. Baptist.«

»Danke.«

»Was sind Ihre Ambitionen?« Ich runzle die Stirn. Was will sie damit sagen? Da sie immer noch auf eine Antwort zu warten scheint, frage ich nach.

»Entschuldigen Sie, was meinen Sie?«

»Wie sehen ihre Bestrebungen bezüglich meines Sohnes aus?«

»Das ... ich weiß nicht, was Sie meinen.«

»Stellen Sie sich nicht dumm, denn das sind Sie nicht. Sie gehen mit ihm aus und Sie daten ihn. Ich möchte betonen und ich sage es nur einmal, der Familie, Mrs. Baptist, gefällt das nicht. Mein Sohn soll eine standesgemäße Frau heiraten und niemanden, der auf einer ... sie betont es ... Schaffarm aufgewachsen ist.« Ich zucke zusammen. Aber gleichzeitig gibt mir dieser abfällige Tonfall Kraft. Ich straffe die Schultern, richte mich auf, wenn auch unbewusst. Denn sie mag eine Frau mit viel Geld sein, aber allein diese Aussage entlarvt sie und zeigt mir, wie wenig sie von Menschen hält, die nicht mit dem goldenen Löffel aufgewachsen sind. Ich hatte eine wunderbare, liebevolle Kindheit und Jugend. Ich wurde geliebt und bin ein guter Mensch. Ich könnte ihr jetzt an den Kopf werfen, wie weh mir diese Aussage tut. Es zeigt mir, wie wenig sie die Menschen kennt, wie hoch sie auf ihrem Ross oder Berg sitzt. Ja diese Frau sie musste vermutlich noch nie auch nur den Finger krümmen. Sie muss nur repräsentieren und ihr Netzwerk pflegen, um an Wissen zu kommen. Wissen, das völlig überflüssig ist.

»Mrs. Barker, mein Bestreben für Ihren Sohn, wie Sie sagen, ist es, ihm eine sehr gute Assistentin zu sein. Ich unterstütze ihn bei seiner Arbeit und genieße die Aufmerksamkeit, die er mir schenkt. Wir haben eine sehr schöne Zeit. Gute, inhaltsreiche Gespräche. Wir lernen uns kennen und haben viele Gemeinsamkeiten. Und nein, ich versuche nicht, Ihren Sohn zu heiraten, denn das denken Sie von mir. Die Frau von der Schaffarm will sich einen reichen Kerl angeln. Das mag in Ihren Kreisen so sein, aber ich bin nicht so.« Sie lacht verächtlich und sagt:

»Erzählen Sie das Ihrer Großmutter.«

»Die ist leider schon lange tot. Ich denke Ihr Sohn Mrs. Barker ist alt genug um seine eigenen Entscheidungen zu treffen. Ich glaube nicht, dass er die Hilfe seiner Mum braucht, um eine geeignete Frau für sich auszuwählen. Wir leben nicht mehr in einer Zeit, in der Eltern ihre Kinder verheiraten. Sagen Sie bitte Ihrem Chauffeur, er soll anhalten, ich will aussteigen.«

»Lassen Sie die Finger von meinem Sohn.« Ich lasse mich von dieser Frau nicht einschüchtern. Das habe ich nicht nötig. Ja, ich könnte ihr jetzt sagen, dass ich ihren Enkel oder ihre Enkelin unter meinem Herzen trage, aber das will ich gar nicht. Raven soll es zuerst erfahren. Der Wagen hält und ich steige aus. Kurz bevor ich die Tür schließe, sagt sie noch: »Man sollte sich nicht irgendwelchen Träumen hingeben. Raven ist ein Mann und hat Bedürfnisse. Er wird sich nicht verlieben. Er hat sich geschworen, das nie wieder zu tun. Ich glaube nicht, dass Sie von seiner Vergangenheit wissen. Raven braucht eine kluge Frau. Eine, die ihm zur Seite steht, die sich in der Oberschicht auskennt und sich zu bewegen weiß. Er braucht eine Frau, die ihn nicht lähmt und mit Vorwürfen überschüttet, die seine außerehelichen Aktivitäten akzeptiert. Kein Drama daraus macht. Wenn man in die Familie Barker einheiratet, hat man einen gewissen Rang und muss die Familie repräsentieren. Aber das werden Sie nie sein, machen Sie sich keine Hoffnungen. Mein Sohn wird Ihnen niemals treu sein.«

»Sprechen Sie aus Erfahrung? Ist es das, was Sie hart und zynisch gemacht hat? Ist das der Grund, warum Sie mir kein Glück gönnen? Sind Sie eifersüchtig?« Mit diesen Sätzen und ohne eine Antwort abzuwarten, schlage ich die Tür zu und der Fahrer fährt los. Meine Euphorie, ein Kind zu erwarten, ist dahin. Ja, ich habe keine Ahnung, wie es mit Raven weitergehen wird. Wir hatten tolle Verabredungen und wunderbare Nächte. Dieses Baby wurde mit Liebe gezeugt, zumindest mit vielen Gefühlen, die der Liebe ähnlich sind. Und Liebe? Ja, ich liebe Raven. Ich verliebe mich immer mehr in diesen Mann, auch wenn er dieses Wort nie in den Mund nimmt. Vielleicht hat seine Mutter Recht. Es könnte gut sein und ich mache mir viel zu große Hoffnungen. Aber welche Hoffnung habe ich eigentlich, dass er mich heiratet? Dass wir glücklich bis ans Ende unserer Tage leben? Dass er sich unsterblich in mich verliebt und ... mich, die auf einer Schaffarm aufgewachsen ist, heiratet? Wird er entsetzt sein, dass ich sein Baby unter meinem Herzen trage? Langsam gehe ich die Straße entlang. Und genieße die Sonne, die immer stärker durch die Wolken bricht und deren Strahlen sich ihren Weg durch die vielen Wolkenkratzer Manhattans bis auf die Straße bahnen. Es sind nur ein paar Blocks und die Luft tut mir gut. Ich habe auch Zeit, mir zu überlegen, wie ich es Raven sagen soll, ob ich ihm von seiner Mum erzählen soll. So viele Fragen und dann denke ich wieder, es wird sich schon alles irgendwie klären. Seid Alina nicht mehr so oft in der Firma ist, ist vieles leichter geworden. Ich weiß nicht, ob er noch sonst Kontakt zu ihr hat. Ich kann es ihm ja nicht verbieten, denn er hat mich bisher nicht als seine Freundin vorgestellt oder bezeichnet. Ich kenne meinen Status einfach nicht. Und selbst wenn, wie könnte ich ihm etwas verbieten. Ihm verbieten, mit Leuten zu verkehren, die er kennt. Nachdem die Sache mit Norman, die das Unternehmen wirklich sehr stresst, den Anwälten übergeben wurde und ein Plan ausgearbeitet wurde, wie man das Ganze beenden kann, sind auch die Meetings viel weniger geworden. Und damit auch ihre Präsenz im Unternehmen. Wir werden sehen, wie es ausgeht. Jetzt sind die Gerichte dran. Das alles wird viel Geld kosten und wir reden über Summen, bei denen mir immer noch schwindelig wird. Aber auch daran gewöhnt man sich. So ist das Geschäft und so ist es, wenn man in einer großen Firma arbeitet. Da geht es nicht um ein paar tausend Dollar. Ich sehe die Eingangstür des Gebäudes, in dem sich die Holding befindet. Ich werde nicht aufgehalten. Nach über einem Jahr bei Raven kennt man mich. Ich fahre mit dem Aufzug nach oben und begrüße kurz Nelly. Sie nickt mir zu da sie telefoniert und ich hauche ihr nur ein »Danke« zu. Denn sie hat die Telefonate übernommen, solange ich nicht da war. Als ich an meinem Platz bin, schalte ich die Kaffeemaschine ein und fahre den PC hoch. Aber dann klopfe ich bei Raven an und trete ein. Wie immer und er hat keinen Termin und ... ich lächle, denn ich will ihm davon erzählen, davon, dass er ... Meine Augen schauen auf das, was ich sehe, aber irgendwie kann ich es nicht fassen oder deuten. Die Worte von Ravens Mum kommen mir in den Sinn.

»Mein Sohn wird Ihnen niemals treu sein.« Ich weiß nicht, ob ich einen Laut von mir gegeben habe oder ob sie nur die Position gewechselt haben oder ob ... aber Ravens Blick trifft meinen. Meine Sinne sind geschärft, nehmen wirklich jede Regung wahr. Alina, die mit gespreizten Beinen auf dem Schreibtisch liegt. Die mich anzüglich und siegessicher ansieht. Dann Raven, der wie erstarrt vor mir ihr stehe und vermutlich noch ... ich will es mir nicht ausmalen. Die Zeit vergeht wie in Zeitlupe. Seine Augen werden etwas größer, ich sehe Bedauern darin. Ich bin mir sicher, dass ich blass werde, und dann, als ob jemand den Stecker ziehen oder eine Nadel in die Zeitblase stechen würde, ist alles real. Raven flüstert mir zu, ich möchte es entsetzt nennen, was nicht sein kann: »Caralina«. Dann wendet er sich Alina zu, zieht sich von ihr zurück. Sie wiederum bleibt so obszön liegen, dass mir klar wird, dass es genau das war, wonach es aussieht, ein Akt, ein ... Fick. Es ist nicht nur ... Ich weiß, dass ich mir die Hand vor den Mund halte, damit kein Schluchzen diesen verlässt. Das tut weh. Es tut so weh. Hat er mich die ganze Zeit nur belogen und betrogen? War das wirklich alles nur ... war ich nur eine Abwechslung für ihn? Ein Ausflug in das normale Leben, das auch amüsant sein kann. War ich nur eine angenehme Unterhaltung? Fragen über Fragen, die ich so nicht beantworten kann. Ich bekomme ein Kind von ihm. Die Worte des Arztes gehen mir durch den Kopf. Wenn sie das Kind nicht wollen, haben sie nur noch wenig Zeit. Aber das ... das ist mein Kind. Es wird nichts davon erfahren. Meine Gedanken rasen. Ich nehme wahr, wie er seine Hose schließt und etwas zu Alina sagt, aber ich stehe immer noch wie erstarrt da, die Kaffeetasse in der Hand. Als er noch einmal meinen Namen sagt und ein paar Schritte auf mich zukommt, bewegt sich etwas in mir. Ich drehe mich um, mache die Tür zu. Stelle die Tasse auf den Schreibtisch und renne den Flur entlang. So schnell ich kann, verlasse ich den Flur, das Stockwerk und fahre mit dem Aufzug nach unten. In der Hoffnung. Dass Raven mir nicht folgt. Ich kann nicht sprechen, will nicht. Der Schmerz, der in mir tobt, ist grausam, und ja, ich weiß, dass ich nicht seine Freundin bin, dass ich keinen Grund habe, ihm böse zu sein, so zu fühlen, ich nicht... aber es fühlte sich so an. Alles war perfekt. Ich war glücklich. Als ich auf die Straße trete, ist von der Sonne nichts mehr zu sehen. Dunkle Wolken haben sich vor die Sonne geschoben. Wie ein Omen. Für einen kurzen Moment weiß ich nicht, wohin ich gehen soll. Wenn ich nach Hause gehe, wird er mich dort finden. Und er wird kommen. Aber ich will seine Ausreden nicht hören, ich will ihn nicht sehen. Mein Handy klingelt. Es ist Raven. Er kann mich mal. Ich wimmle ihn ab. Gehe einfach zur Metro. Wie von selbst gehe ich zum Bahnhof, setze mich in den nächsten abfahrenden Zug und fahre einfach los. Keine Ahnung wohin. Erst jetzt, als ich sitze, laufen mir die Tränen aus den Augen. Der Verlust ist so groß. Obwohl Ravens Mutter mich kurz zuvor genau davor gewarnt hatte, mir deutlich gemacht hatte, dass ich keine Frau für ihn sei, dass ein Mann wie er niemals treu sein würde, konnte und wollte ich es nicht glauben. Aber er hat mit Alina geschlafen. In seinem Büro, auf seinem Schreibtisch! Wieder klingelt das Handy, wieder ist er dran, ich erkenne, dass er mir auf die Mailbox spricht, aber auch das ignoriere ich. Ich schalte das Telefon ganz aus. Ich will mit diesem Mann nichts mehr zu tun haben. Ja, vielleicht bin ich das Mädchen vom Lande, das sich einen Mann an seiner Seite wünscht, der sie liebt und nur sie. Der sie auf Händen trägt. Ich bin keine Frau, die eine andere Frau an der Seite ihres Freundes, Geliebten oder Ehemannes sehen will oder akzeptieren kann. Was ich mir wünsche, ist genau das, was meine Eltern hatten. Eine Partnerschaft, die von Liebe geprägt war. Die auf Augenhöhe war. Auch in einer perfekten Partnerschaft streitet und diskutiert man. Aber man hintergeht sich nicht. Man redet miteinander, man löst Probleme. Mir ist bewusst, dass ich genau das im Moment nicht tue, sondern weglaufe. Aber ich bin mir sicher. Dass mein Dad oder meine Mum einen solchen Vertrauensbruch auch nicht mit Freude ertragen hätten. Ich hole ein Taschentuch aus meiner Tasche und sehe dabei das kleine Buch, das mir der Arzt gegeben hat. Ich nehme es zur Hand und schaue mir das Ultraschallbild an. Plötzlich verschwindet der Schmerz. Ich lächle und weiß eines ganz sicher. Dass dieses Baby mir durch den Schmerz helfen wird. Das Wissen, dass ich bald ein Kind in meinen Armen halten werde, hilft mir. Im Moment ist es mein Kind. Auch wenn ich weiß, dass ich es vor Raven nicht verheimlichen darf.

RAVEN

Genussvoll stöhne ich und habe dabei Caralinas Bild vor meinem inneren Auge. Und genau dieses Bild ist es, das mich zu mir kommen lässt. Ich erstarre und schaue Alina an, die vor mir liegt. Was mache ich hier? Was ... Im selben Moment wird mir bewusst, dass wir nicht allein im Büro sind. Wie in Zeitlupe drehe ich mich um, und doch ist es ruckartig. Caralina, die Frau, an die ich eben noch gedacht habe, steht mit bleichem Gesicht in der Tür und starrt auf die Szene, die sich vor ihr abspielt. Alina liegt mit gespreizten Beinen vor mir und ich ... was zum Teufel habe ich getan? Caralina hält eine Hand an ihre Lippen, sie ... sie will nicht weinen, nicht vor Alina, das sehe ich. Mein Blick wandert zu Alina. Sie sieht zufrieden aus und das wirkt auf mich wie eine eiskalte Dusche. Ich ziehe mich von ihr zurück, mache meine Hose zu. Doch sie bleibt einfach so liegen. Das ist so falsch. Das ist .... Was habe ich nur getan? Wie konnte das passieren? Wie konnte ich nur? Hass überkommt mich auf mich selbst und als ich zu mir komme und leise »Caralina« hauche. Dreht sie sich um und verschwindet. Mein erneutes, lauteres Rufen nimmt sie zwar wahr, aber sie lässt sich nicht aufhalten. Was ich gut verstehen kann. Ich bin wieder klar im Kopf, kann nicht begreifen, wie es dazu kommen konnte. Wie konnte ich ihr das antun? Wie konnte ich mich mit Alina einlassen? Der Selbsthass ist in mir. Ich bin ... schnellen Schrittes, ohne auf Alina zu achten, die mich zurückzuhalten versucht, renne ich Caralina hinterher, wohl wissend, dass sie in diesem Zustand weder warten noch mit mir reden wird. Trotzdem rufe ich sie auf ihrem Handy an. Sie drückt mich weg. Ich spreche auf die Mailbox und versuche es noch einmal. Aber sie schaltet das Handy einfach aus. Zu Recht. Ich kann ihr nicht böse sein, wie könnte ich. Ich bin derjenige, der sie so verletzt hat. Ich bin es, der ... »Verdammt!« Rufe ich laut. Gehe aber langsam den Gang entlang zurück in mein Büro. Zurück zu Alina. Saint stellt sich mir in den Weg. Fixiert mich. Schaut mich an und ich erkenne deutlich, ohne dass er ein Wort sagt, was er sich zusammengereimt hat, was passiert ist, was er von mir hält, von dem, was ich getan habe. Nur zwei Worte kommen aus seinem Mund.

»Du Idiot.« Damit verschwindet er und ich gehe weiter. Alina sitzt immer noch halb nackt auf meinem Schreibtisch.

»Zieh dich endlich an!«

»Jetzt sei doch nicht so. Das wird schon wieder.« Langsam steht sie auf und zieht ihren Tanga an. Dabei wackelt sie mit dem Hintern und ich ... wie konnte ich sie nur sexy finden? Wie konnte ich nur auf diese Frau hereinfallen? Was, wenn sie ... ich schaue auf den Mülleimer. Wenigstens habe ich ... ich schüttle den Kopf. Mir fallen wieder die Worte meiner Mum ein, dass sie die ideale Frau für mich wäre. Ich könnte kotzen. Mir wird schlecht, aber nicht, weil ich mir das vorstelle, sondern weil mir klar wird, was ich gerade verloren habe. Es wird sehr schwer sein, das wiedergutzumachen. Wenn nicht unmöglich. Caralina ist nicht wie Alina, die einen solchen Ausflug in ein anderes Bett einfach so ablegen würde. Die den Kopf einziehen und es als »Ding« abtun würde.

»Geh.«

»Wie bitte? Raven, jetzt mach doch nicht so ein Theater. Lass uns essen gehen. Deine kleine Assistentin, wird sich schon fangen und wenn nicht, besorg dir eine andere.«

»Du sollst verschwinden Alina und ich habe es dir schon oft gesagt verschwinde aus meinem Leben.«

»Ach jetzt auf einmal, vor ein paar Minuten hast du noch ganz anders darüber gedacht. Hör auf zu schmollen und lass uns essen gehen. Deine Mum hat mich übrigens für heute Abend zum Essen eingeladen.«

»Wie bitte?«

»Deswegen bin ich eigentlich hergekommen. Ich wollte

dich fragen, ob wir zusammen hingehen, aber diese kleine Sporteinheit war auch nicht schlecht.«

»Du sollst verschwinden!« Sie zuckt ein wenig zusammen. Aber sie lässt sich nicht einschüchtern. Allerdings hat sie in meinem Blick erkannt, dass sie im Moment nicht wirklich zu mir durchdringen kann. Sie nimmt ihre Tasche und stolziert aus dem Büro. Ich aber stehe am Fenster und überlege, wie ich ... es gibt nichts zu überlegen. Caralina wird mir das nie verzeihen. So ist sie nicht. Sie hat mir nie wirklich vertraut. Doch, das hat sie. Sie hat mir vertraut. Obwohl ich sie immer und immer wieder auf Distanz gehalten habe. Wir hatten tolle Verabredungen, wir haben uns geküsst und gelacht. Wir haben miteinander geschlafen und ich habe mich in jeder Minute mit ihr wohl gefühlt. Angekommen und doch konnte ich ihr nicht vertrauen. Ich habe ihr nie gesagt, dass ich sie liebe... wie hätte ich das auch tun können? Ich schlage mit der Faust gegen das Fenster. Mein Telefon klingelt und ich gehe sofort ran, ohne auf die Nummer zu schauen, in der Hoffnung, dass es Caralina ist. Aber sie ist es nicht. Es ist meine Mum. Sie kann ich gerade überhaupt nicht gebrauchen.

»Raven?«

»Ja Mum.«

»Ich erwarte dich heute Abend zum Essen.« Ich knirsche mit den Zähnen, weil mir wieder einfällt, was Alina vorhin erwähnt hat.

»Tut mir leid, aber ich bin schon verplant.«

»Dann wirst du das ändern, mein Sohn. Ich habe Gäste und du wirst als unser Sohn dabei sein.«

»Mum ich habe nein gesagt.« Ich habe mich wohl ziemlich deutlich ausgedrückt. Aber so etwas bringt meine Mum nicht aus der Ruhe. Seit ich verletzt bin. Als sie im Krankenhaus mit mir sprach, seit diesem Tag kenne ich auch ihr anderes Gesicht, und das gefällt mir immer weniger. Sie ist meine Mum, aber ihre Ideale sind nicht meine. Als sie dann auch noch sagt: »Du solltest endlich diese kleine Landpomeranze, die auf einer Schaffarm aufgewachsen ist, vergessen und zu dir kommen. Ich habe Alina eingeladen und erwarte, dass du als ihr Freund mitkommst.« Ich lege auf. Sie lässt sich nicht beirren und klingelt noch einmal. Ich gehe nicht ran. Habe aber beim Reden mit ihr nicht mitbekommen, dass Saint das Büro betreten hat.

»Was?«

»Sie hat Nelly eine Nachricht geschickt, dass sie dir ausrichten soll, dass sie nicht mehr für dich arbeiten wird. Du sollst einen Ersatz einstellen. Raven, sie wird nicht zurückkommen. Ich hoffe wirklich, dass dir klar ist, was du heute kaputt gemacht hast. Ich war selbst ein Idiot, was Beziehungen angeht, also gebe ich dir nicht die Schuld, das würde ich nie tun, aber du hast einen Fehler gemacht. Ich muss dir das nicht sagen, ich tue es trotzdem. Was ich sagen kann ist das dieser Fehler nicht der erste war. Ich wette, du hast ihr nie gesagt, dass du sie liebst. Du hast ihr nicht vertraut. Du hast immer an Mildred gedacht. Aber Caralina ist nicht Mildred. Sie könnte es nie sein, denn sie weiß nicht, was Falschheit ist oder was diese Gier nach Schönheit oder Perfektion soll. Sie ist auch nicht auf der Jagd nach Reichtum. Was sie will, ist ein Mann an ihrer Seite, der sie liebt. Mehr will sie nicht. Sie ist wie Holly, was nicht heißt, dass alle Frauen so sind. Es gibt diese Frauen, die einen Mann verzaubern, genau aus diesem Grund, auch in ihrer Welt. Es gibt sie zuhauf. Aber du weißt, dass sie anders ist. Dass sie perfekt ist. Alina, sie ist ein berechnendes Biest und ich bin entsetzt, dass deine Eltern sie einer Frau wie Caralina vorziehen. Sie hat mit vielen Männern für Geld geschlafen, auch mit dir. Allein diese Tatsache würde mich abstoßen, was nicht heißt, dass ich ein Arschloch bin. Es gibt Frauen, die in einer Notsituation sind, die nicht anders können oder keinen anderen Ausweg sehen, als ihre Schönheit auf diese Weise zu verkaufen, um später eine gute Ausbildung zu haben. Aber Alina, sie hat es nicht deshalb gemacht. Das muss ich dir nicht sagen, sie hat ein Netzwerk aufgebaut, ein Netz geflochten, wie eine Spinne, und du bist es, den sie haben will.«

»Du Arsch.« Er will noch etwas sagen, aber ich hebe die Hand.

»Schuldig in allen Punkten. Sie hat ihr Handy ausgeschaltet. Ich bin mir sicher, dass sie sich versteckt. Vielleicht fährt sie nach Hause, zu ihrer Freundin, aber ich bin mir sicher, dass sie genau das nicht tut. Denn sie weiß, dass ich weiß, wo sie wohnt. Sie könnte auch zu ihrer Tante nach Vancouver fliegen, aber auch das wird sie nicht tun. Verdammt, ich bin so ein Arsch und ja, ich weiß, sie ist nicht wie Mildred, aber ... dieser Schmerz Saint, er sitzt so tief in mir. Es tut mir so unendlich weh, was diese Frau getan hat. Deshalb fällt es mir so schwer, Vertrauen zu fassen. Dazu kommt noch das Mum denkt das Alina die perfekte Frau an meiner Seite ist. Sie weiß sogar, dass sie ein Escort-Girl war und trotzdem glaubt sie, dass sie gut für mich ist. Was sagt das über sie aus? Liebt meine Mum mich wirklich? Weil sie mir so eine Ehe wünscht, mir so eine Frau wünscht? Oder ist mein Dad so ein Draufgänger? Betrügt er Mum so oft, dass sie so hart geworden ist? Ich gebe zu, ich will es nicht wissen. Aber wenn ich an die harte Frau denke, die ich in den letzten Wochen und Monaten immer wieder kennengelernt habe, würde es mich nicht einmal wundern. Ich wusste nicht, dass sie so hart ist, Saint. Ich hatte wirklich keine Ahnung. Aber sie ist nicht wie deine Mum, das ist mir klar geworden. Ich glaube sie hält auch nicht viel von Susanna.«

»Da kann ich nur zustimmen, mein Lieber, das ist so. Diese Rivalitäten zwischen ihr und Mum sind mir schon länger bekannt. Aber so richtig ausgebrochen sind sie erst seit ich in die Firma gekommen bin, ich bin sozusagen in ihren Augen dein Chef geworden. Sie ist der Meinung, dass du der CEO sein solltest und nicht ich. Du weißt, dass ich das nicht so sehe. Also das ich die Firma übernommen habe. Ich will das wir gemeinsam die Holding führen. Und ich finde das wir das bis jetzt ganz gut machen.«

»Naja du besser als ich wenn ich an die Probleme denke

die ich verursacht habe mit meiner Fehlentscheidung Norman einzustellen und zu feuern.«

»Das hätte jedem passieren können und erzähl keinen Scheiß. Jetzt lass uns was essen gehen, ich habe Hunger. Du wirst Caralina heute nicht finden und ich glaube es wird dir gut tun, wenn du dich ein bisschen ausruhst«.

CARALINA

Ich stehe am Strand von Virginia Beach. Der Wind weht mir durch die Haare und der salzige Geruch steigt mir in die Nase. Die feuchte Luft benetzt meine Haut und ich fühle mich gut. Mein Bauch ist gut versteckt und mit einem warmen Mantel bedeckt, aber es ist schon lange nicht mehr zu übersehen, dass ich ein Baby erwarte. Im Frühling wird es zur Welt kommen. Zu dem Zeitpunkt an dem meine Liebsten für immer von mir gegangen sind. Ein Omen? Ich weiß es nicht, aber es macht mich glücklich, dass diese Zeit des Schmerzes auch eine Zeit des Glücks sein wird. Das Leben geht weiter. Das Leben in Gestalt eines Kindes. Meine Eltern und auch mein Bruder werden durch dieses Kind weiterleben. Vielleicht wohnt in diesem Kind sogar eine ihrer Seelen. Es sind Träume, aber sie sind schön. Ich bin in den letzten Monaten zur Ruhe gekommen. An dem Tag, an dem Raven mir so wehgetan hat, bin ich einfach mit dem Zug bis zur Endstation gefahren, die hier in Virginia Beach war. Ich bin ausgestiegen und habe mir ein Motel gemietet. Dort bin ich dann ein paar Tage geblieben. Habe mit Chloé telefoniert. Ihr auch alles erzählt. Erzählt, wie es mir geht und auch, dass ich ein Kind erwarte. Ich weiß, dass sie es ihr nicht sagen wird. Dass sie mich nicht betrügen wird. Aber ich wollte, dass sie weiß, dass es mir gut geht. Ich habe auch meine Tante angerufen. Sie wollte, dass ich zu ihr komme, aber das geht nicht. Ich musste diese Zeit für mich haben, mich damit auseinandersetzen. Alles abwägen. Raven könnte mir das Kind wahrscheinlich sogar wegnehmen. Auch wenn ich sicher bin, dass er das nie tun wird. Aber Anteil an seinem Leben wird er haben wollen. Das heißt, dass ich ihn immer wieder sehen werde. Dass mein Kind vielleicht auch oft bei Alina sein wird. Dass es sie als eine Art Ersatzmama betrachten könnte. Bei diesen Gedanken wird mir regelmäßig schlecht, aber ich kann und will es Raven nicht verheimlichen. Heute fliege ich zurück nach New York. Morgen ist Weihnachten. Ich werde Raven morgen eine Nachricht schreiben und mich mit ihm treffen. Ihm von diesem Kind erzählen, sozusagen als Weihnachtsgeschenk und hoffen, dass es für ihn auch eines ist. Langsam gehe ich den Strand entlang und lasse mir den Wind durch die Haare wehen. Es waren gute Monate hier. In denen ich zur Ruhe gekommen bin, zu mir selbst gefunden habe. In denen ich so viel nachdenken konnte. Und aufarbeiten. Ich war sogar beim Psychologen und habe zum ersten Mal auch darüber gesprochen, was mit meinen Eltern passiert ist, was danach kam. Es sind viele Tränen geflossen, aber es war heilsam. Irgendwie war es gut, dass ich weggegangen bin. Dass ich mir diese Zeit genommen habe. Seit dem Tod meiner Eltern hatte ich keine Zeit. Ich musste funktionieren, überleben, und das habe ich getan. Ich habe funktioniert. Ich habe mein Haus verkauft, ich habe mit den Gerichten gekämpft, ich habe mein Studium beendet und ich habe in New York einen Neuanfang gewagt. Ich habe gearbeitet, mein Bestes gegeben und dann habe ich Gefühle zugelassen. Ich habe mich verliebt und bin enttäuscht worden. Aber ich habe auch das Schönste bekommen, was es gibt: ein Kind. Ein Kind, das ich immer lieben werde. Die letzten Schritte führen mich vom Strand weg, zur Straßenbahn, die mich zum Bahnhof bringen wird. Ich bin immer noch ein Fan des Zuges, zumal ich in meinem Zustand nicht fliegen sollte. Als ich nach stundenlanger Fahrt meine Wohnung in New York betrete und mir die etwas muffige Luft entgegenkommt, öffne ich als erstes alle Fenster und schalte die Heizung an. Es ist kalt, aber es wird schnell besser. Dann ziehe ich das Bett aus und mache den Kühlschrank an. Nelly war so nett und hat ihn vor ein paar Monaten für mich ausgeräumt. Ich habe die Wohnung nicht aufgegeben. Das alles hat mich Geld gekostet, aber es ist nur Geld und ich habe in der Zeit bei Raven gut verdient und musste nur wenig von meinen Ersparnissen angreifen. Nachdem ich die Heizung aufgedreht habe, gehe ich noch einmal runter und kaufe ein paar Lebensmittel. Und dann

… dann schalte ich mein Handy ein und schreibe Raven eine kurze Nachricht. Aber dann schalte ich es gleich wieder aus. Ich bin angespannt, das gebe ich zu. Denn ich habe keine Ahnung, wie er auf die Nachricht reagieren wird, dass er Dad wird.

RAVEN

Die letzten Monate waren der reinste Horror. Ich habe wie verrückt gearbeitet. Nur um nicht an Caralina zu denken. Ich bin wieder der harte Kerl, als der ich galt, bevor sie in mein Leben trat. Keine Assistentin hält es lange mit mir aus. Heute habe ich wieder eine Vorstellungsrunde, denn die letzte hat sich vor drei Tagen verabschiedet. Ich hoffe, dass diesmal jemand dabei ist, der die Lücke füllen kann, die sie zumindest im Büro hinterlassen hat. Nicht in meinem Leben. Das kann nur sie. Den ersten Kandidaten kann ich nach dem Händedruck innerlich verabschieden. Er ist schlaff, ohne Schwung. Die zweite wirkt eher wie eine Gouvernante aus vergangenen Zeiten und nicht wie eine Frau des 21. Jahrhunderts. Ich bin genervt und die Kopfschmerzen plagen mich auch heute wieder. Gut, ich habe auch bis spät in die Nacht gearbeitet und mich danach mit zu viel Whisky in den Schlaf getrunken. Saint würde mich verprügeln, wenn er wüsste, wie ich mir die edlen Tropen, die man genießen sollte, derzeit hinter die Binde kippe. Es ist eine Schande, ich weiß, und doch … Ich gehe nach draußen und rufe den letzten Kandidaten für heute herein. Wieder ein Mann. Auf den ersten Blick sieht er nicht mal schlecht aus. Starrt mich an wie damals Caralina. Sie ist schon wieder in meinen Gedanken, das kann ja lustig werden.

»Guten Tag Mr. Barker, mein Name ist Oliver Jones. Sie haben ziemliche Kopfschmerzen. Wenn Sie erlauben, würde ich Ihnen gerne helfen, Sie ein wenig zu lindern.« Ich sehe ihn an.

»Meine Mum ist Physiotherapeutin und ich habe einiges bei ihr gelernt. Das Gespräch können wir nachher führen. Das ist ein Angebot ohne Hintergedanken. Den ich natürlich habe.« Er zwinkert mir zu. Gibt mir aber zu verstehen, dass ich mich setzen soll.

»Darf ich?« Ohne meine Antwort abzuwarten, kommt er um den Schreibtisch herum und beginnt, mit seinen warmen Händen meinen Kopf zu berühren. Nicht fest, auf eine sehr angenehme Art. Mein Kopf wird in Sekundenschnelle schwer, ich versuche mich zusammenzureißen, will auch etwas sagen, unterlasse es aber. Auch dieser Oliver schweigt. Ich sitze nur da und mein Kopf wird immer schwerer und dann wieder leichter. Ich weiß nicht, was und wie er das macht, aber es tut unglaublich gut. Ich merke, dass er mich langsam zurückholt, denn die Bewegungen verändern sich. Als er seine Hände von meinem Kopf nimmt, vermisse ich etwas. Vor allem fehlen meine Kopfschmerzen. Ich muss mich noch eine Minute sammeln. Er sitzt mir gegenüber und wartet höflich, bis ich mich wieder gefangen habe.

»Das war verdammt gut.«

»Geht's besser?«

»Ja. Danke.« Er nickt.

»Also?«

»Was meinen Sie, Mr. Barker?«

»Wann können Sie anfangen?« Er sieht mich an und ein Lächeln umspielt seine Lippen.

»Sofort.«

»Sehr gut, das ist alles was ich hören wollte. Gehen Sie zu Nelly. Sie sitzt zwei Büros weiter. Sie wird Ihnen sagen, wohin Sie gehen müssen, damit Sie alle Zugänge bekommen und was Sie brauchen. Ich trinke meinen Kaffee schwarz. Es gibt eine Liste von Leuten, die jederzeit Zutritt zu meinem Büro haben und eine, die nie Zutritt hat. Sie werden sie finden. Ich habe den Eindruck, Sie sind schlau.« Ich weiß nicht warum, aber irgendwie bin ich mir sicher, dass ich heute meine zweite Caralina gefunden habe. Für die Arbeit, nicht für mein Leben.

Nur zwei Wochen später haben wir unsere diesjährige Firmenweihnachtsfeier. Ja, schon wieder ist ein Jahr vorbei und wir haben viel gearbeitet. Es ist viel passiert und ich habe überhaupt keine Lust, auf irgendeine Feier zu gehen. Ich bin seit Monaten nicht gut auf meine Eltern zu sprechen, besonders auf meine Mum und mache mich sehr rar.

Ich mag nicht nach Hause gehen. Auch wenn meine Mum mich nicht mehr mit Alina oder Caralina anspricht, ist unser Verhältnis, das ich eigentlich als gut empfunden habe, nicht mehr das, was es einmal war. Ich betrete den Raum. Saint und Holly sitzen in der ersten Reihe. Seine Eltern sind auch da und meine auch. Ich gehe auf sie zu. Auf dem Weg nach vorne werde ich von vielen begrüßt und muss einige Hände schütteln. Unseren Mitarbeitern ist es wichtig, dass wir mit ihnen feiern. Dass sie uns auch mal zum Anfassen vor sich haben und sehen, dass wir nicht nur Geister aus der Chefetage sind. Saint wird heute die Rede halten, und ich gebe zu, ich freue mich darüber. Denn ja, es war ein hartes Jahr. Aber am Ende haben wir es geschafft. Erst vor einer Woche kam das endgültige Urteil und noch besser, Norman wurde mit internationalem Haftbefehl gesucht und durch einen Zufall konnte dieser auch vollstreckt werden. Er hat einen Fehler gemacht und ist mit seinem Boot in internationale Gewässer gefahren und in Seenot geraten. Das war sehr dumm, denn der Haftbefehl wurde vollstreckt. Jetzt sitzt er im Gefängnis und wartet auf seine Verurteilung wegen Spionage. Alle Geschäfte die abgewickelt wurden aufgrund seiner verkauften Daten, wurden für nichtig erklärt. Das hat für viel Aufregung gesorgt. Und wir konnten einige Deals aus diesem Grund nicht mehr durchziehen, da die Gegenpartei sauer auf uns war. Aber wir haben unser Gesicht nicht verloren. Im Gegenteil, wir haben allen gezeigt, dass man mit der Barker Holding einen Gegner hat, der sich wehrt. Wie gesagt, das

Ganze hat uns viel Geld gekostet, aber das werden wir wieder einspielen, da bin ich mir sicher. Mein Blick schweift über die vielen Anwesenden, am Nebentisch meiner Eltern fallen mir rote Haare auf. Unwillkürlich verkrampfe ich mich. Wie zum Teufel ... Saint schaut mich an und fixiert mich regelrecht. Ich gehe auf ihn zu. Er sagt nur: »Rechtsanwälte. Die haben eine Einladung bekommen.« Ich nicke nur und setze mich. Neben mir sitzt Santos, mein Onkel, der bald in ein Gespräch mit mir verwickelt wird. Nachdem der Hauptgang serviert ist, steht Saint auf und hält eine kurze Rede. Eine lustige, aber auch eine nachdenkliche. Und eine Drohung an alle Mitarbeiter enthält, nicht den gleichen Fehler wie Norman zu machen. Die Rede kommt an. Und wenn ich mich so umschaue, ist die unterschwellige Drohung auch gut angekommen. Aber dann kommt der Weihnachtsmann mit einem lauten Ho Ho Ho und einem Sack voller Geschenke in den Raum. Da wir sehr viele Mitarbeiterinnen und Mitarbeiter haben, reicht ein Sack nicht aus, die anderen stehen schon auf der Bühne. Es wird lustig und auch wenn ich irgendwie nicht in Weihnachtsstimmung bin, muss ich zugeben, dass der Weihnachtsmann dieses Jahr seine Sache gut macht. Ich beuge mich zu Saint hinunter und frage ihn, wer sich gemeldet hat. Und er sagt nur: »Hast du ihn nicht erkannt?« Da wende ich mich wieder dem Weihnachtsmann zu und als er auf mich zukommt und fragt, ob die Bosse der Firma auch brav waren, lachen alle und ich erkenne, dass Oliver unter dem Kostüm steckt. Saint lacht.

»Wir haben die Löhne immer pünktlich bezahlt. Ich glaube, wir waren sehr brav.« Oliver nickt, greift in seinen Sack und zieht ein Päckchen für ihn heraus. Es reicht ihm und auch für mich ist ein Päckchen dabei. Wir schauen uns erstaunt an, denn das ist neu. Alle Blicke richten sich auf uns und der Weihnachtsmann sagt: »Wollt Ihr es nicht aufmachen?« Es wird ganz still. Wenig später halten wir beide zwei wirklich geschmackvolle, moderne Türschilder mit unserem Namen in der Hand. Dazu eine von den Abteilungsleitern im Namen der Mitarbeiter unterschriebene Karte. Erfreut halte ich sie hoch, stehe auf und bedanke mich. Ich freue mich wirklich. Es ist nicht übertrieben, es ist etwas sehr Durchdachtes, ich habe Oliver im Verdacht, aber er ist noch nicht lange dabei.

Der Abend wird, auch wenn ich das nicht erwartet habe, kurzweilig und angenehm. Es ergeben sich gute Gespräche, auch mit Leuten, die ich sonst nie zu Gesicht bekomme, die aber für die Arbeit genauso wichtig sind wie wir. Gegen Mitternacht verabschieden wir Bosse uns und lassen die Mitarbeiter alleine feiern. Es wird jetzt ausgelassener und allen ist klar, dass wir nicht dabei sein müssen. Saint und Holly fragen mich, ob ich noch mit zu ihnen kommen möchte und die Idee mit ihnen einen Absacker zu trinken klingt nicht mal schlecht. Doch bevor ich ja sagen kann, kommt Alina auf uns zu. Ich will mich abwenden, aber sie bleibt stur. Wie immer.

»Jetzt sei mal keine Mimose.« Saint schaut mich an und

sein Blick ist eindeutig. Mach, dass sie verschwindet. Aber sie ist, wie sie ist, und fragt frech.

»Hab ich was von Absacker gehört? Dann wäre ich dabei.« Holly wendet sich wortlos dem Auto zu und überlässt die Sache Saint und mir. Da ich weiß, was Alina von Holly hält, tue ich ihr das nicht an. Auch wenn ich gerne noch mitgegangen wäre.

»Ich bin müde, sorry, ich gehe.« Sie hängt sich an mich.

»Wirst du jetzt ein alter Mann? So kenne ich dich gar nicht.« Ich sage leise. Aber umso deutlicher.

»Alina lass das.« Sie nimmt langsam ihre Hände von mir. Sagt aber noch einmal.

»So langsam könntest du mir verzeihen. Was soll's, deine kleine Assistentin ist Geschichte und mit Oliver hast du doch einen fähigen Mann gefunden, also ist es wirklich an der Zeit, diese kleine …«

»Weißt du eigentlich, wann Schluss ist Alina? Ich will nichts mehr von dir wissen. Ich heirate keine Frau, die für Geld mit anderen Typen ins Bett geht. Geht das jetzt endlich in deinen rothaarigen Schädel rein? Wir hatten Spaß zusammen und ich kann nicht sagen, dass ich es nicht genossen habe, aber es ist vorbei. Auch wenn ich dumm genug war, deinen Verlockungen nicht zu widerstehen, ist es nun mal so, dass ich dich nicht mehr in meiner Nähe haben will. Und um deinetwillen habe ich noch nicht mit deinem Chef gesprochen, damit er dich aus unserer Firma entfernt. Aber das werde ich ändern. Du hast keinen Respekt vor

Holly, der Frau von Saint. Er ist der erste CEO von Barker Holding und du hast keinen Respekt vor ihm. Aber du bist nicht in der Position, solche Sätze von dir zu geben. Es mag sein, dass meine Mum dich mag, dass viele über deine Vergangenheit hinwegsehen, aber ich kann das nicht. Deine Schönheit, die dir gegeben ist verdeckt deine Schwärze in dir. Ich habe es dir nicht nur einmal gesagt, lass mich in Ruhe und misch dich nicht mehr in mein Leben ein. Habe ich mich jetzt klar genug ausgedrückt? Saint, ich glaube, ich brauche noch einen Drink.« Gehe um das Auto herum und setze mich auf den Rücksitz. Schaue nicht mehr zu Alina, die sichtlich wütend da steht. Nicht schockiert oder verlegen, das würde sie nie sein. Ich bin mir absolut sicher, dass sie einen anderen finden wird, der sie heiratet. Der über ihre Vergangenheit hinwegsieht. Sie wird, so leid es mir tut, in der Oberschicht bleiben. Sie wird auf Partys gehen, auf die ich auch gehe, aber ich werde sie keines Blickes mehr würdigen. Ich hoffe, ich habe ihr das heute klar gemacht.

»Sie könnte die Zwillingsschwester von Jaqueline sein.« Sind Hollys leise Worte. Ich antworte ihr nicht, denn meine Gedanken sind bei Caralina, von der ich nichts mehr gehört habe, seit sie an diesem verdammten Mittag mein Büro betreten hat. Ich trinke nicht nur einen mit Saint. Holly, die nicht trinkt und zudem müde ist, zieht sich zurück und lässt mich mit Saint allein.

»Du hast nichts von ihr gehört?«

»Nein, sie ist wie vom Erdboden verschluckt.« Ich

rieche an dem Glas, das köstlich duftet. Und schaue ihm dann direkt in die Augen.

»Aber ich vermisse sie. Sehr sogar. Die Gespräche mit ihr und ... es ist nicht nur der Sex. Es ist viel mehr und erst jetzt, wo sie nicht mehr da ist, spüre ich, wie sehr ich sie ... wie sehr ich sie liebe.« Saint nickt wissend.

»Ich weiß, dass ich es selbst verbockt habe, dass es meine Schuld ist. Ich weiß alles, aber das macht es nicht besser. Sie ist weg, ich bin hier und sehne mich nach ihr. Dazu kommt, dass es mit meiner Mum in den vergangenen Monaten einfach nicht mehr klappt, seit sie mich auf diese Weise angegangen ist. Das ... da ist ein Riss entstanden und ich weiß nicht, wie ich den kitten soll. Ich wusste wirklich nicht, dass sie so sein kann und ich hatte keine Ahnung, dass Dad nicht der perfekte Dad ist, für den ich ihn immer gehalten habe. Dass die Ehe meiner Eltern nicht gut ist. Dass er Freundinnen hat. Vielleicht bin ich wie er.«

»Jetzt halt mal die Luft an meinen Freund. Du hast Mist gebaut, und zwar einen großen. Aber du hattest eine ziemlich erfahrene Dame am Start, die genau wusste, welche Knöpfe sie bei dir drücken musste, damit die kleine Raven funktioniert und unbedingt in ihre, entschuldige die Wortwahl, Höhle wollte.« Ich muss grinsen.

»Sie ist eine professionelle Hure und das ist noch so ein böses Wort, das aber der Wahrheit entspricht. Sie weiß genau, wie Männer ticken. Wenn nicht sie, wer dann? Also gib nicht dir selbst die Schuld. Dass über dem Himmel, also über der Ehe deiner Eltern, nicht nur Geigen hängen, das wusste ich. Dad und Mum haben ein paar Mal darüber gesprochen.«

»Hm.« Ich schaue weiter in das Glas, in die dunkle, ölige Flüssigkeit.

»Nach Mildred konnte ich keiner Frau mehr vertrauen. Ich habe das, was sie getan hat, einfach auf alle Frauen projiziert. Und ich dachte, wenn ich mir nur Frauen kaufe, nur Sex mit ihnen habe und dafür bezahle, dann ist mein Herz immer draußen. Hat ja auch geklappt und doch wieder nicht, denn ich habe mir verdammt viel versagt. Aber es ging einfach nicht. Ich konnte und wollte keine Beziehung mehr. Aber Caralina, die war von der ersten Minute an anders. Sie hat mich schon bei unserem Vorstellungsgespräch sprachlos gemacht. Das schaffen nicht viele. Gut Oliver ist da irgendwie in ihre Fußstapfen getreten«

»Bist du jetzt schwul geworden?«

»Idiot. Ich geh dann mal. Fliegst du nach Weihnachten auf die Insel?«

»Nein. Holly sollte in ihrem Zustand nicht mehr fliegen. Wir werden das neue Jahr mit Joshua und Charlotta beginnen, du bist herzlich willkommen.«

»Danke, mal sehen, jetzt müssen wir erst mal die Feiertage rumkriegen. Hat Holly dich dieses Jahr wieder auf alle Weihnachtsmärkte geschleppt?«

»Oh ja und ich kann dir sagen wo es den besten Grog gibt und die allerbesten klebrigen Mandeln und sie hat dieses Jahr eine Vorliebe für Kokosmakronen«. Er lächelt bei seinen Worten und das ist es, was mir heute gut tut. Es geht ihm gut nach so vielen Jahren. Er ist mit sich im Reinen. Das gibt mir Hoffnung, dass es mir vielleicht auch einmal so gehen wird. Dass ich damit leben kann, was Mildred getan hat. Es nicht vergessen, aber damit leben kann. Ich trinke aus und stelle das Glas auf den Tisch.

»Danke Saint, aber jetzt geh zu deiner Frau ins Bett. Ich gehe die paar Schritte nach Hause.«

»Nimm dir ein Taxi.«

»Ich bitte dich.«

»Raven!« Ich schüttle nur den Kopf und ziehe meine Jacke an. Gehe zur Tür, verabschiede mich von ihm und laufe schnellen Schrittes die wenigen Meter zu meiner Wohnung, die nicht weit entfernt ist. Ich will nicht mit Angst durchs Leben gehen. In den ersten Wochen nach dem Überfall war ich etwas nervös, aber das hat sich geändert, nachdem sie den Kerl geschnappt haben. Seit der Woche danach ist alles wieder beim Alten. Fast. Oliver entwickelt sich wirklich zu einem guten Assistenten. Ich arbeite wie Saint bis einen Tag vor Heiligabend, dann ist Schluss. Ich schicke auch Saint nach Hause und beschließe, noch eine Runde im Park zu joggen. Vielleicht sollte ich das erst nach den Feiertagen tun, denn das Weihnachtsessen hat mir sicher auf die Rippen geschlagen, aber das Wetter ist gut und so laufe ich meine Runde. Immer unbewusst auf der Suche nach Caralina. Sie ist nie da. Zurück in der Wohnung dusche ich. Eine Tasse Kaffee kommt aus der Maschine, ich setze mich auf den Coach und zappe durch die Nachrichten. Eine Whatsapp-Nachricht kommt an, die ich zuerst ignoriere, doch plötzlich erstarre ich mitten in der Bewegung, als mir klar wird, zu welcher Nummer der Klingelton gehört. Ich falle beinahe auf den Fliesenboden, als ich so schnell es geht zur Theke renne, auf der mein Handy sich in der Ladestation befindet. Ich kann mich gerade noch auffangen. Wäre lustig gewesen, wenn ich mir zu Hause eine Platzwunde geholt hätte. Joshua hätte mich bestimmt gevierteilt. Er hat an solchen Tagen schon genug zu tun.

»Können wir uns morgen im Kilde treffen? Ich bin um 14 Uhr da.« Ich antworte sofort, stelle aber fest, dass sie ihr Handy wieder ausgeschaltet hat. Morgen also. Natürlich werde ich da sein. Nachts schlafe ich nicht gut. Ich schlafe überhaupt nicht. Ich überlege die ganze Zeit, was ich ihr sagen soll. Wie ich mich entschuldigen soll. Dass sie mir diesen Fehler verzeihen soll. In Gedanken falle ich vor ihr auf die Knie. Wenn es sein muss, werde ich es tun. Was ich innerlich wieder mit einem Schnauben verneine und dann ist es wieder der Engel in meinem Kopf, der sagt.

»Wieso nicht, du hast doch Scheiße gebaut.« Ich atme tief ein und aus und gebe gegen vier Uhr morgens auf. Schlafen wird überschätzt. Ich gehe auf mein Laufband, das ich nur ungern benutze, und verausgabe mich. Das Gerät weiß nicht, wie ihm geschied. Danach dusche ich, und als ich wieder auf die Uhr schaue, ist es immer noch erst sechs Uhr morgens. Noch acht Stunden. Ich habe keine Ahnung, wie ich die Zeit überbrücken soll. Immer wieder tigere ich durch die Wohnung und schaue auf den Minutenzeiger der Uhr, der mich langsam aber sicher in den Wahnsinn treibt.

Die Zeit vergeht wie eine zähe Masse. Aber ich muss mich in Geduld üben. Schneller kann ich sie nicht vergehen lassen. Gegen 13 Uhr verlasse ich meine Wohnung. Mindestens viermal komme ich am Eingang von Kildes Café vorbei. Aber ich gehe nicht hinein. Ich will nicht, dass sie denkt, dass ich … Aber wäre es schlimm, wenn sie das denkt? Dass ich sie vermisst habe? Um Punkt 14 Uhr öffne ich die Tür. Ich glaube, ich war noch nie in meinem Leben so pünktlich.

CARALINA

Er kommt. Ich schaue ihn an, schaue ihn an, als er durch die Tür kommt. Er hat Gewicht verloren, er hat nicht geschlafen. Seine Augen sehen müde aus. Als ob er Sorgen hätte. Aber ... als er mich sieht, weiten sich seine Augen für einen Moment. Ich bleibe sitzen, ich will nicht, dass er es gleich sieht, dass er vielleicht wieder geht, bevor ich etwas sagen kann.

»Caralina. Hallo ... ich bin so froh, dass du wieder da bist.« Er nimmt meine Hand. Sie ist warm und doch spüre ich ein Zittern in ihr. Habe ich das Gesehene falsch interpretiert? Nein, man kann es nicht falsch deuten. Denn er hat ... er hat mit ihr geschlafen und das war keine Einbildung.

»Bitte Caralina, bitte vergib mir, was ich getan habe. Ich habe nicht einmal eine Entschuldigung dafür. Ich kann dir nicht sagen, warum ich es getan habe, nur dass ich es zutiefst bereue. Ich ...« Ein Kellner kommt an den Tisch und ich sehe genau vor mir, wie Raven ihn am liebsten verjagen würde.

»Einen Cappuccino bitte.« Er sagt nur, ohne den Blick von mir zu wenden.

»Für mich auch.« Das bringt mich zum Lächeln. »Er nimmt einen doppelten Espresso.« Der Kellner schaut zu mir. Und dann zu Raven. Der nickt nur und winkt ihn weg. Bevor er etwas sagt, rede ich.

»Ich war, wie du weißt, an diesem Morgen zur Vorsorge beim Arzt. Danach, als ich aus der Praxis kam, bin ich nach Hause gefahren und habe mich umgezogen. Ich wollte gerade zur Metro gehen, da stand ein Auto auf der Straße und deine Mum hat mich auf eine sehr nette Art gebeten, ins Auto zu steigen.« Jetzt schaut er mich angespannt an. Das wusste er nicht. Sie machte mir klar, dass ich nicht die Frau an deiner Seite sein würde. Dass ich nie deine Frau sein werde, um es klar zu sagen. Das würde sie mit allen Mitteln verhindern. Gut, so deutlich hat sie es nicht gesagt, aber das war der Kern ihrer Aussage. Sie nannte mich eine Dame von der Schaffarm. Ob du es glaubst oder nicht, ich habe mich davon nicht einschüchtern lassen. Ich deutete dem Chauffeur an zu halten, stieg aus und ging zu Fuß zurück zum Büro. Aber als ich dort die Tür öffnete, fand ich dich mit Alina in einer eindeutigen Situation vor. Das hat mir den Boden unter den Füßen weggezogen Raven.« Er will etwas sagen, aber ich halte ihn mit meiner Hand auf.

»Nicht nur, dass ich mich in dich verliebt habe, es hat

mir wehgetan, es hat mir auch wehgetan zu erfahren, dass du diese Liebe nicht für mich empfindest.« Wieder will er etwas einwenden, aber ich lasse es nicht zu.

»Aber das war nicht der einzige Grund.« Der Kellner kommt mit den Getränken an den Tisch und ich schweige, was Raven nutzt, um das Wort zu ergreifen.

»Als ich zwanzig war, dachte ich, ich hätte meine große Liebe gefunden. Mildred, sie war mein Leben, sie war perfekt. In meinen Augen. Ich war so verliebt in sie, du kannst dir nicht vorstellen, wie sehr. An Weihnachten ... also morgen vor vierzehn Jahren, wollte ich ihr einen Heiratsantrag machen, vor allen Gästen der Feier, die morgen Abend stattfinden wird, wie jedes Jahr. Ich wollte ihr einen Verlobungsring an den Finger stecken, und sie hat auch damit gerechnet. Aber mein Dad hat mir vor der Feier eine Mappe gegeben. Er sagte, ich solle sie lesen. Mehr nicht, aber ich war so verliebt, ich war wütend, dass er ihr nachspioniert hat. Ich habe alle Warnungen in den Wind geschlagen. Aber als es an der Zeit war, den Antrag zu machen, erinnerte ich mich an diese verdammte Mappe, die im Auto lag. Ich ging raus und las sie. Meine Welt, Caralina, brach zusammen. Die rosarote Brille wurde plötzlich schwarz und mein Herz wurde kalt. Mildred hatte nur eine Woche zuvor mein, nein unser Kind abgetrieben. Ohne dass ich es wusste, ohne dass sie mir etwas von diesem Baby erzählt hatte. Meine Hand wandert unbewusst zu meinem Bauch.

»Ich war wütend geschockt und unglaublich verletzt

und ging trauernd zu ihr, fragte sie vor allen Leuten, nicht ob sie meine Frau werden wollte, das hatte sie erwartet, nein, ob es stimme, dass sie unser Kind abgetrieben habe. Und sie hat es mir bestätigt. Sie hat gesagt, dass wir noch genug Zeit hätten, Kinder in die Welt zu setzen, dass sie jetzt nicht ihre Figur zerstören will, die Zweisamkeit mit mir. Dass sie reisen und die Welt entdecken will. Dass sie auf Partys gehen will. Jedes ihrer Worte hat mein Vertrauen in Frauen zerstört. Sie hat es zerstört. Ich habe mir geschworen, nie wieder einer Frau zu vertrauen. Nie mehr eine Beziehung einzugehen.«

»Deshalb die Escort-Ladys.«

»Ja. Deshalb habe ich nur noch Frauen gekauft. Nein Sex gekauft. Was nicht in Ordnung war. Aber ich habe allen Frauen von Anfang an misstraut. Immer nur das Schlechte in ihnen gesucht.« Ich unterbreche ihn.

»An jenem Morgen bei der Vorsorgeuntersuchung da ... da hat mir der Arzt gesagt, dass ich schwanger bin.« Raven wird blass. Sein Blick wandert von meinem Gesicht über den Tisch zu meinem Bauch.

»Ich habe nicht abgetrieben, falls du das denkst. Ich werde das Kind über alles lieben und es wird geboren, wenn meine Familie gestorben ist. Vielleicht ist es Omen, Karma oder Schicksal. Die dunkelste Zeit in meinem Leben wird von Licht und Freude überstrahlt werden. Und ja, Raven, ich freue mich auf dieses Kind. Ich hatte solche Angst, dass du denkst, ich hätte dich betrogen. Du hast ja selbst gesagt, dass du Frauen immer misstraut hast, aber ich habe dich nicht reingelegt. Ich nehme die Pille, regelmäßig. So genau wie ich arbeite. Und der Arzt hat mir bestätigt, dass man trotzdem schwanger werden kann, wenn man kein Kondom benutzt, was wir nicht getan haben. Einen hundertprozentigen Schutz gibt es nie. Ich hatte Angst vor deiner Reaktion und doch die Hoffnung, dass du dich mit mir freust und wenn nicht, dann doch, dass du das Kind nicht von dir stossen wirst. Aber als ich die Tür öffnete und …«

»Ich habe Alina gevögelt, nenn es ruhig beim Wort.«

»Da war ich … alles ist implodiert. Die Freude, die Hoffnung, die Zukunft, meine Arbeit, die ich liebe, alles, was ich mir aufgebaut habe, ist zusammengebrochen. Ich musste weg, ich musste zu mir kommen. Ich war in Virginia Beach. Als ich dort ankam, brauchte ich Hilfe. All der Schmerz, der sich in mir aufgestaut hatte. Die Trauer um meine Eltern, der Ärger, der danach kam, mit den Versicherungen, all diese Dinge, die ich nicht verarbeitet hatte, brachen aus mir heraus. Ich hatte keinen Nervenzusammenbruch, aber ich wusste, dass ich Hilfe brauchte. Und ich habe sie gesucht und ich habe sie bekommen. Ich habe mir helfen lassen. Das hat eine Weile gedauert. Aber jetzt kann ich mich nicht nur auf die Zukunft freuen, ich habe auch keine Angst mehr, es dir zu sagen. Dir zu sagen, dass ich dich liebe und dass ich dieses Kind zur Welt bringen werde. Ich wollte dir diese Nachricht sozusagen zu Weihnachten schenken, in der Hoffnung, dass du mir das Kind nicht wegnimmst. Ja, diese Angst habe ich. Du hast die finanziellen Mittel, es mir wegzunehmen. Deshalb habe ich überlegt es dir nicht zu sagen, aber das wäre weder dir noch dem Baby gegenüber fair.« Ich schweige. Raven sieht mich nur an. Dann steht er auf, kommt zu mir. Er kniet sich zu mir und dreht den Stuhl zu sich, damit er meinen Bauch sehen kann. Mit einem unglaublichen Leuchten in den Augen, einem Gesichtsausdruck, den ich nie vergessen werde, schaut er auf die Babykugel, streichelt sie sanft mit den Fingern und küsst mich darauf. Er hebt den Kopf und ich sehe Tränen in seinen Armen und das Glitzern darin. Tränen der Freude. Er schluckt, denn mein starker Rabe kann im Moment nichts sagen. Während er mich nur ansieht, streicht seine Hand über meinen Bauch. Ob wir Aufmerksamkeit erregen, ist ihm egal. Es ist ... leise, um die Magie dieses Augenblicks nicht völlig zu zerstören, sage ich zu ihm.

»Sollen wir gehen und uns vielleicht an einem ruhigeren Ort unterhalten?« Er nickt nur. Steht auf, winkt Keller zu, der nickt und verlässt mit mir an der Hand das Café, ohne zu bezahlen, aber das wird er nachholen. Draußen vor der Tür dreht er sich noch einmal zu mir um.

»Ich liebe dich, Caralina. Nicht nur, weil du mir das schönste Geschenk gemacht hast. Ich liebe dich. Die letzten Monate waren die Hölle. Frag Saint. Er und Holly, sie haben mich wirklich aufgebaut. Ich habe dich gesucht, aber deine Freundin Chloé ist ein Dickkopf, genau wie deine Tante.«

»Sie wussten nicht wo ich war.«

»Wirklich?«

»Ja. Ich hatte Kontakt zu ihnen, aber ich habe ihnen

nicht gesagt, wo ich bin. Ich brauchte diese Zeit.« Raven beugt sich zu mir und als ihre Lippen meine berühren, bin ich mir sicher, dass ich im Himmel angekommen bin. Es klingt verrückt, aber ich höre Glocken läuten und weiß mit Sicherheit, dass es anfängt zu schneien, was nicht sein kann, weil vorher die Sonne geschienen hat. Aber in meiner Welt höre ich das Läuten von tausend kleinen Glöckchen und vom Himmel fallen Schneeflocken. Als Raven sich von mir löst und mir in die Augen schaut, muss ich lächeln, schaue zum Himmel, denn ja, es schneit.

»Wie unglaublich kitschig das alles ist.«

»Was?«

»Es schneit, ich bin mir sicher, dass gerade Glöckchen geklingelt haben, aber dass es schneit, das ist wie in diesen Hollywoodfilmen. Absolut unwirklich und kitschig.« Auch er schaut zum Himmel. Immer mehr Flocken tanzen um uns herum. Langsam gehen wir nebeneinander. Hand in Hand.

»Kommst du mit zu mir?«

»Ja.« In stiller Eintracht laufen wir durch den Park zu Ravens Wohnung. Vorbei an vielen Menschen, die noch in vorweihnachtlicher Hektik die letzten Geschenke besorgen und auch zwischen Menschen, die noch die Nachmittagsstunden genießen. Als wir bei Ravens Wohnung angekommen sind und ich im Flur meine Schuhe ausziehe, da ... dreht sich Raven wieder um.

»Weißt du schon, was es wird?«

»Ja, wir werden einen Sohn haben. Und er wird Jack

heißen, nach meinem Bruder. Darüber lasse ich nicht mit mir diskutieren. Von mir aus Jack und ein zweiter Name. Aber Jack auf jeden Fall.«

»Der zweite Name wird Barker sein, Caralina. Jack Barker, so wie seine Mum hoffentlich bald Caralina Barker heißt. Heirate mich, Liebes. Heirate mich und mache mich zum glücklichsten Mann in New York und bitte begleite mich morgen auf die Weihnachtsfeier als meine Verlobte. Nicht als Assistentin oder Freundin oder Mum meines Sohnes, sondern geh mit mir dorthin als meine zukünftige Frau. Tante Agatha wird dich lieben. Da bin ich mir ganz sicher. Caralina Baptist, willst du mich heiraten?« Ich schlucke. Nicke dann unbewusst und sage:

»Ja, das will ich, Raven Barker.«

»Du machst mich zum glücklichsten Mann, den es gibt, Caralina. Zum glücklichsten überhaupt.« Was er noch sagen wollte, geht in einem Kuss unter. Er küsst mich nicht schamhaft, nicht zärtlich, er küsst mich, wie ein Mann seine Frau küsst, die er will. Einige Stunden später liege ich in seinen Armen, warm zugedeckt mit einer Decke. Er streichelt meinen Bauch und kann nicht genug bekommen. Er flüstert unserem Sohn leise Worte zu. Er liebt ihn. Wenn einer seiner Geschäftskollegen, der knallharte Raven Barker, so sehen würde, er würde es nicht glauben.

»Wie viele Assistentinnen hast du nach mir rausgeschmissen?«

»Viele.« Er sieht mich an.

»Aber Oliver wird bleiben. Er ist wie du. Frech, unverblümt ehrlich und er ist verdammt gut.«

»Hoffentlich nicht im Bett.« Raven sieht mich bei diesem Satz an. Als die Worte in seinen Kopf sickern, öffnet er kurz den Mund, schließt ihn wieder, schüttelt den Kopf und sagt.

»Der Spruch hätte auch von Holly sein können.« Dann grinst er, küsst mich wieder und was soll ich sagen, er macht ein Selfie von uns beiden und schickt es an Saint. Mit den Worten:

»Er wird Jack heißen«.

EPILOG

Wir betreten das Anwesen von Saints Eltern. Es ist wieder Weihnachten. Ein Jahr, das mir unvergesslich bleiben wird. Es endete mit einem Paukenschlag, denn Raven bestand darauf, dass ich das neue Jahr mit seinem Ring am Finger beginnen sollte. Saint und Holly waren unsere Trauzeugen. Es war eine kleine Feier. Niemand außer Saint, Holly, Joshua und Charlotta wusste davon. Aber gerade deshalb war es umso schöner. Ich hatte ein bisschen Angst, als wir zu seinen Eltern fuhren. Aber Raven wollte es so. Sein Dad hat mich mit offenen Armen empfangen. Seine Mum nicht. Sie mag mich nicht und das wird sich auch nicht ändern. Ihre ersten Worte waren: »Ich hoffe, du hast einen Ehevertrag mit Ihr abgeschlossen.« Das war die Begrüßung. Ich schluckte, denn ja, genau das haben wir gemacht und zwar ohne Hintergedanken, sondern weil es in diesen Kreisen etwas

Selbstverständliches ist. Ich hätte alles unterschrieben. Mir geht es nur darum, dass ich glücklich sein kann. Und dass unser Kind versorgt ist. Dass ich ihn auch weiterhin sehen kann, wenn es wirklich zu einem Streit zwischen uns kommen sollte, dass er bei mir lebt. Alles andere ist mir egal. Dieser eine Satz war mir wichtig und nicht, wie viel Geld ich bei einer Scheidung bekomme. Ich habe noch nicht einmal darauf geachtet, doch mir ist klar, dass ich nicht verarmt die Familie verlassen werde, sollte dieser Tag kommen.

Das Verhältnis zu seiner Mum hat sich nach Jacks Geburt nicht verbessert. Er wurde nur einen Tag nach dem schrecklichen Tag geboren, an dem meine Familie mich verlassen hat. Ich liebe dieses Kind, es ist so schön und sieht Raven so ähnlich. Er hat Ravens Augen und seinen Mund. Er wird einmal ein schöner Mann sein, das kann man jetzt schon sagen. Und er wird ein guter Mensch werden, dafür werde ich sorgen. Ich werde ihn mit Liebe erziehen, aber nicht mit Liebe erdrücken. Das erste Weihnachtsfest, das ich im Hause Barker erlebte, ist für mich genauso faszinierend wie für Holly. Sie hat mir erzählt, wie sie sich damals gefühlt hat. Und ja, es ist das erste. Ich hatte mich letztes Jahr entschieden, nicht zu kommen. Es war einfach zu viel für mich und ich hatte Angst, dass der Stress, der emotionale Stress, dem Baby schaden könnte. Raven hat das verstanden und ist alleine gegangen. Ich habe in seiner Wohnung auf ihn gewartet. Aber heute haben wir Jack dabei, der den ganzen Abend von einem Kindermädchen betreut wird. Holly hat auch ihren Sohn dabei und Charlotta ihren. Drei kleine Jungs, die hoffentlich einmal dicke Freunde werden. Jack wird schlafen und heute Abend mit uns nach Hause fahren. Ich schaue den Baum an, die vielen tausend Lichter, die an ihm hängen. Diese Welt, von der ich vor einem Jahr nur träumen konnte. Als Raven mich zum Tisch führt. Flüstert er mir leise zu:

»Du bekommst dein Weihnachtsgeschenk zwar etwas früher, aber ich hoffe, du freust dich trotzdem.« Im ersten Moment weiß ich nicht, was er damit meint. Doch als ich in die Richtung schaue, in die er mich führt, huscht ein Lächeln über mein Gesicht. Ich drehe mich zu ihm um und gebe ihm einen Kuss. Völlig verunsichert und man sieht ihnen an dass sie sich auch ein wenig fehl am Platz fühlen, sitzen Chloé und ihr Mann mit am Tisch. Daneben Joshua und Charlotta, Saint und Holly. Ich umarme beide und danach ... ja danach feiern wir dieses für mich unvergessliches Weihnachtsfest. Wir feiern das Leben. Die Freundschaft und die Kraft der Liebe. Nicht einmal Alina, die auch anwesend ist, kann diesen Abend in irgendeiner Weise trüben. Spät am Abend, als wir im Bett liegen, flüstere ich Raven zu.

»Ich liebe dich.« Sein Kuss ist mir Antwort genug.

Ende

DANKSAGUNG

Super, ihr habt es bis hierhin geschafft! Es scheint euch tatsächlich gefallen zu haben. Ich würde mich wahnsinnig über eine Rückmeldung und eine Rezension freuen. Habt ihr nicht Lust, ein paar Worte zu schreiben?

Vielen Dank! Eure Miamo S. Zesi

Ach ja, ihr findet mich auf Facebook unter Miamo S. Zesi.

Und ihr könnt mich gerne auf Instagram stalken unter miamo_s_zesi. Dort erfahrt ihr Wichtiges und Unwichtiges über mich! Ich freue mich auf euch. Wer über Neuigkeiten informiert werden möchte, sollte sich beim Newsletter anmelden. www.miamo-zesi.de/newsletter

Außerdem danke ich natürlich meiner Familie, allen voran meinem Mann, gefolgt von meinen Kindern und meinen Eltern. Einfach allen. Steffis Buchecke, meinen Betalesern und allen, die mich auffordern, weiterzuschreiben. Und natürlich allen meinen Lesern! Ich freue mich über jeden Einzelnen von euch. Über jede nette Mail und jedes persönliche Treffen auf Messen.

»Schluss machen, Miamo!«

Ihr hört, meine Familie ruft.

Eure Miamo S. Zesi

BÜCHER VON MIAMO S. ZESI

Can it really be love?

Doktor Pascal Dubois gilt als emotionsloser, harter Hund, mit einem Drang dazu, seine Mitmenschen so weit wie möglich auf Abstand zu halten.

Niemand ahnt bei einem Blick in seine distanzierten Augen,

welch unendliche Traurigkeit sich hinter den Mauern befindet, die er jeden Tag ein bisschen höher baut.

Er möchte diesen Schmerz nicht länger fühlen, denn er weiß, dass er ihm nicht mehr lange standhalten wird ...

Als er auf einer Fortbildung auf die zarte und gefühlvolle Mathilde trifft, drohen seine Mauern zu wackeln, denn diese Frau besitzt etwas, dass ihm verdammt nah geht.

Zu nah, denn er darf nicht riskieren zu fallen, denn da ist niemand, der ihn noch einmal auffangen würde ...

Is it love?

Eine unverhoffte Schwester.

Eine Frau so strahlend wie die Sonne.

Und viel Liebe.

Ein Telefonanruf verändert das Leben des Arztes Christian Peters von einer Sekunde auf die nächste. Seine ihm unbekannte Halbschwester Sophia liegt aufgrund schwerer Komplikationen bei der Geburt ihrer Tochter Giaga im Koma und benötigt seine Hilfe. Er lässt alles, ohne zu zögern, stehen und liegen, um nach Verona zu fahren und ihr beizustehen.

Dort angekommen, trifft er auf Aurora Bianchi, ihre behandelnde Ärztin, die wie er ein unglaubliches Talent hat, was das Flirten angeht. Nach einer heißen Nacht wird er aber von ihr am Morgen einfach abserviert. Nur eine Nacht ist ihre Devise. Das ist normalerweise sein Motto! Aurora macht es ihm schwer, doch Aufgeben kommt für ihn nicht infrage und vor einer Herausforderung hat er sich noch nie gedrückt, zumal da auch noch Sophia und Giaga sind.

A BOSS for Christmas

In der linken Hand einen Cocktail, im rechten Arm eine Frau – genau so sieht das ideale Fest der Liebe für den Weihnachtsmuffel Saint Barker aus.

Der begehrte Junggeselle flieht seit Jahren in die wunderschöne Karibik, um dem ganzen scheinheiligen Weihnachtszauber und der Party bei seinen Eltern zu entkommen.

Nur blöd, wenn ein Unfall genau diese Flucht verhindert und er stattdessen mit einer wildfremden Frau in der Notaufnahme landet, statt im Flieger.

Eine Frau, die mit ihrer Fröhlichkeit alle Menschen in ihren Bann zu ziehen scheint – außer Saint. Schließlich sieht er sich als vollkommen unempfänglich für solche Gefühlsduselei an.

Einem Deal mit Holly kann er dann allerdings doch nicht widerstehen! Saint hilft einem Obdachlosen, damit sie ihn auf die schreckliche Familienfeier begleitet. Schließlich bleibt ihm jetzt nichts anderes übrig, als hinzugehen.

Und dann ist er da, dieser Lichterglanz, dieser Weihnachtsduft, mit all den schmerzhaften Erinnerungen.

Kann ein Herz wirklich heilen, dank eines Menschen, den man gerade erst kennengelernt hat?